去帕提曼医生家的路上，我爸背着我，沿着米吉克那条宽阔的柏油马路走，快进塔什伊乔克牧场时，又让我骑在他的肩上。他开心地吹着口哨，我则坐在他的肩上看路边绿莹莹的麦田，还有潺潺流淌的溪水。

几乎每周，我们都会去帕提曼医生家一趟。年幼的时候，我得了一种说不上来的病，不爱吃饭，面色萎黄，个子也不见长，头发又枯又黄。

帕提曼医生在给老人们量血压，时不时地，到药柜前取药，忙了好一会儿，才轮到我。照帕提曼医生说的，我撩开肚子上的衣服，她拿着听诊器在我面前听。我爸说，帕提曼医师，我儿子的情况怎样？帕提曼笑笑说，比以前好多些，你看，脸色变红润了。帕提曼医生是个老太太，不管啥时候见她，都围着头巾，爱笑，穿白大褂。

夏湘

大宛其的春天

夏立楠 著

河北出版传媒集团
河北教育出版社

年轮典存丛书

编者荐言

中国当代文学已走过七十多年，每一次文学浪潮的奔腾翻涌，都有彪炳文学史的作家留下优秀作品。

回首20世纪七八十年代，改革开放开启了中国当代文学持续至今的繁盛，由于几百家文学刊物的存在，中短篇小说曾是浩荡文学洪流中的浪尖。然而，以1993年“陕军东征”为分水岭，长篇小说创作成为中国文坛中独立潮头的存在，衡量一个作家的创作成就及一个时期的文学成果，往往要看长篇小说的收获。中短篇小说的创作和读者关注度减弱，似乎文学作品非鸿篇巨制不足以铭记大时代车轮驶过的隆隆巨响。

进入21世纪，特别是党的十八大以来的新时代，我们乘着光纤体验世界的光速变迁，网络文学全面崛起，读图时代、视频时代甚至元宇宙时代的更迭，令人应接不暇，文学创作无论是体裁还是题材都呈现出一种扇面散播效应，中短篇小说创作也再度呈扇面式生长，精彩纷呈。

为此，我们特编辑了这套“年轮典存丛书”，以点带面地梳理生于不同年代的当代优秀作家的中短篇小说精品，呈现不同代际作家年轮般的生长样态。

我们不无感佩地看到，生于 1940 年前后的文学前辈，青年时已是文坛旗手，在当下依然保持着丰沛的创作力，他们笔耕不辍，使当代文学大树的根扎得更深。

“50 后”一代作家已走过一个甲子，笔力越发苍劲。他们不断返回一代人的成长现场，返回村镇故乡、市井街巷；上承“40 后”的宏大命运主题，下接烟火漫卷的无边地气；既广受外国文学的影响，又保有中国古典文学的高蹈气质。

在“60 后”这一中坚力量的年轮线上，我们能看到在城乡裂变、传统向现代过渡的进程中，一代人的身份确认、自我实现，以及精神成长的喜悦和焦虑。

“70 后”作家因人生经验与改革开放四十年紧密相连而被称为“幸运的一代”和“夹缝中壮大的一代”，也是倍受前辈作家的成就影响而焦虑的一代。如今已与前辈并立潮头，表现不俗。

而作为“网生一代”的“80 后”和“90 后”，他们的写作得到更多赞誉的同时，也承受了更多挑剔和质疑。但经过岁月淘洗，我们欣喜地看到，曾经的文学小将已在文坛扎扎实实立稳脚跟，相继以立身之作进入而立和不惑之年。

六代作家七十年，接力写下人世间。宏阔进程中的 21 世纪中国当代文学，正在形成新的文学山峰的山脊线。短经典历久弥新，存文脉山高水长。

目　录

CONTENTS

记 忆 陷 阱

2019 年 4 月 23 日，澳大利亚墨尔本大学人类学社会科学和语言学专业硕士研究生导师詹姆斯接到一个陌生来电。通话中，一名自称邵文勤的旅澳华籍作家向其咨询目前科学界是否有先进技术，能帮其抹除和规整 2019 年部分记忆。这段记忆已经严重影响到他的生活起居，可能下一步还会危害到他的身体健康。在听完邵文勤的大致讲述后，詹姆斯既好奇又无奈，经多方打听，目前科学界对这种人类记忆修复工程的技术尚未实现攻关，不过，出于关心，詹姆斯还是安排了他的学生夏立楠与其沟通。夏立楠通过数月时间，将邵文勤的遭遇进行梳理，后撰写了一篇名为《记忆陷阱》的小说，据他称，这篇小说基本还原了邵文勤的遭际，但这篇小说经发表后，受到争议，内容如下。

一

夕阳的余晖静静洒在海面上，波光粼粼。水天交接的地方，是逶迤起伏的山峦，有几只白色帆船停泊在周围。他将自己推到落地窗前，就在刚才，他看完了那部名为《西西里的美丽传说》的电影，电影勾起了他年少时往事的记忆。他不知道，记忆里中国北回归线附近的那座小镇，是否还生活着一位扎马尾辫、面容姣好、笑容恬静的姑娘。她或许已步入中年，或许膝下绕子，这些，都是他无法看到的。2008年春天，一场大雪掩埋了一切。回想往事，恍如隔世，他甚至未能想通，当初是怎么踏上去往异国他乡的路的。

现在，他拉上窗帘，回到书房。他又想写作了，强烈的书写欲望涌上心头。他想，他必须完成一部短篇小说，用于纪念那段峥嵘岁月，纪念远去的爱情。这篇小说就取名为《初恋》吧。在这篇小说里，他将故事的原发生地——北回归线附近的小镇改换了地标，移至澳大利亚位于南回归线附近的一座小镇，起名为奈克镇，他还将男女主角的名字换成英文。写作过程比想象中的顺畅，或许是亲身经历，或许早打好腹稿，他的速度惊人，凌晨三点的时候，初稿已经完成。此时睡意袭来，他需要休息了。走出书房后，他进了浴室，洗了一个澡。每次洗澡，他都比常人困难，他需要支起放在门后的拐杖，歪歪斜斜地走到喷头下。为了方便拿到洗发水、香皂，他早在装修房屋时就同师傅交流过，所有设施的安装都需结合他的身体条件。毕竟，对于一名独处的残疾人来说，自理确实不易。

冲完澡后，他全身清爽无比。他将自己推向卧室。多少年了，他不能像常人一样上班，只能靠文字生存。还好，他的作品备受读者青睐，且在业内深受好评。人们对他作品的评价颇高，既保证了纯文学的严肃性，也兼容了类型文学的可读性。他的读者很多，仅版税和稿费就足够他过着安稳殷实的生活。不过，由于身体原因，他几乎是很私密化地写作，不接受任何采访，不参与任何售书活动。

夜凉如洗，他看了看墙上的钟表，已经凌晨三点半。他将自己推到床边，翻身上床，熄台灯后，和衣睡下。此时，这座叫作昆士兰州的滨海城市也静谧下来了。

不知不觉地，他进入了梦乡。这里已经不是澳大利亚，而是中国西南地区的某处民族村寨。

他穿着一身少数民族服装，和很多人走在下山的小路上。梦里，他不知道自己要去哪里。他们像是去赴一场盛会，男男女女，老老少少，又像不是。总之，他是漫无目的地行走。当来到一座村寨时，他看见很多中年汉子正围着村口的一棵大榕树，有人站在中间，挥着手，不知道说什么，有人环抱着手在外缘看热闹，还有人嘴里叼着烟。许久，不远处来了一群人，他们手里、肩上、腰间全是麻绳，这些麻绳被丢在榕树下。原本围着的人开始凑到一块儿，他们正在领取麻绳，像是要去干一件大事。他不知道是什么事，也跟着凑了过去，排到他的时候，他也领了一捆麻绳，麻绳挎在他的肩上。他跟着人潮往前走，他问身边的一个年轻人，这是要去哪里。年轻人像是没听到，低头走自己的路，抽自己的烟。

顺着乡村小路一直向前走，人们来到一片杉林。摆在眼前的，是一栋木屋的框架，框架已经搭造完成。他明白了，他们是来帮人支房子。杉林四周围满了人，有抽旱烟的老人，也有抱着孩子看热闹的妇女，还有些手里拿着鞋底，边纳鞋底边凑热闹。

当他听到一声“走起”时，自己也把绳子绑在框架的某根柱子上。然后人们开始朝一处使力，边拉边喊：“走嗳——走嗳。”框架快要支起的时候，他透过人群，看到了她。是的，就是她。她正站在人群背后。他想喊她，身上却绑着绳子，当人们把框架支起后，他解开身上的绳子，穿过人群，要去找她，却发现怎么也找不到了。她去哪儿了？她刚才还在的。他顺着山路往上爬，希望能站得更高，这样能俯视人群，更好寻觅她的身影，但山路泥泞，他一不小心就摔了个跟头……

他迷迷糊糊地醒来，天没有亮，城市的灯光依稀可见。他的心里顿觉悲凉，或许是写这篇小说的缘故，他又梦见了那座村庄，梦见了住在那座村庄的她。他试图再次进入梦乡，希望通过梦境看到她，可怎么也进不了了。

二

从主治医生办公室出来，她再也抑制不住情绪，眼泪哗地流了下来。她进入卫生间，在洗手台前洗了把脸，重新审视镜中的自己。一年多了，她似乎比以前更加憔悴。此时，电话铃响起，是邮递员的。每月的这几天，邮递员都会送来她要的东西。接完电话，她擦了擦脸上的水。她走出卫生间，绕过护士台，下楼。

邮递员在医院门口的花池边踟蹰了一小会儿，终于看到她。“这期杂志有点儿慢，让您久等了。”他说。“不客气。”她接过邮递员递来的信封，包得扎扎实实。与邮递员作别后，她一个人来到医院的草地上，找到一张长椅坐下。阳光温暖，有家属推着病人在医院里散步。很多时候，她都羡慕这些人，可今天早上，主治医生的话却给她浇了一盆冷水，让她怀揣的希望破灭了。她不敢去想那些事，这个时候，她只想拆开信封，翻阅这本书香气息浓郁的杂志。

一年多来，她都是这样度过的。在医院的楼下，在病房里，为打发无趣而散漫的时光，她总是把自己埋进书里，陷进小说里。她拆开了信封，这本叫作《米安津》(*Meanjin*) 的杂志她已经订阅了一年，本期封面朴素大方，装帧精致厚重。翻开目录，排在头条的那篇叫《初恋》的小说赫然在目。不知出于何故，她想读读这篇小说。

整个午后，她读完了那个叫作 Masson 的作家所写的小说，这部作品的气息如此熟悉，所讲述的事情仿佛历历在目，就连故事的发生地——南回归线附近那个叫作奈克的小镇也和她的居住地惊人的相同。作为一名业余读者，对于 Masson 这个作家，她还不算熟悉，在此之前，她并未留意过他的名字。可文中所描述的那些事情、那些地名，都仿佛在她身边。她突然对这个作家充满好奇。于是，她拿出手机，在网上搜寻关于 Masson 的信息，遗憾的是，只有这篇作品，没有其他个人信息。看来，这位作家并不高产，且完全将自己与读者隔离开来，甚至连照片也没有，他是那般的特立独行。

合上杂志，她想她该回病房了。走进医院，护士正好下楼叮嘱她，医生配了新药，放在病床边的柜子上，吃法写在了一张便条上。谢过护士后，她径直上了楼。在进病房之前，一个念想突然涌上心头。她想，她应该联络一下这个作家，也许这个作家和她遭遇的一切有着某种说不出的联系。甚至，会改变她，改变她亲人的命运。

她来到楼层的最底端，站在窗前，再次翻阅杂志，在内页上找到了编辑部的电话。她怀着忐忑的心情，拨了过去。那边是个苍老的声音："喂，您好，请问是哪位？"她有些紧张，不过还是照实回答："我是一名读者，坚持阅读贵刊两年了，今天收到最新一期杂志，十分喜欢里面的作品《初恋》。我想咨询下，可否联络到这名叫 Masson 的作家。""喂，您好，请问您说什么？我这边信号不好，您能不能再说一遍。"听声音，不是信号不好，是这名老编辑有些耳背。她把刚才的话，又重述了一遍。

三

编辑部来电的时候，他正推着自己在海岸线边散步。潮水不断朝岸边涌来，又不断退去。远处的夕阳红得像家乡的柿子，正缓慢陷入海平线，像要被吞噬了似的。

风拂过他的脸庞，头发在眼前飘散。他拨了拨乱发，手机正在裤兜里振动。他摸出手机，是《米安津》杂志编辑部的来电。他接了。那边是个苍老的声音，问道："邵老师，这次是用笔名吗？"邵文勤顿了顿，说："我已经有三年未在贵刊发表作品了，感谢您的鼓励，选用了拙作。这些年，我把写作与生活分得很清楚，还是用笔名吧，用新起的笔名——Masson。""好的。"那边回道，"那我就安排人员排版了。"挂掉电话后，邵文勤沿着海岸线将自己慢慢推回家。

他意想不到的是，《米安津》杂志出刊很快。邮递员敲门的那个下午，他正坐在家中看电视，是他喜欢看的华文频道，里面的男女主持人正开着荤玩笑。这种玩笑，在中国的南北方均盛行，甚至可以说，但凡在各类聚会、酒局等场合，人们都喜欢开这类玩笑，乐此不疲。

门铃响后，邵文勤推着自己去开门。邮递员是个老者，六十岁左右，他的白胡子十分醒目，脸上的横纹也很清晰。他从腰间的邮包里摸出好几封信件，说："Masson 老师，这里面还有一封寄给您的信。"邵文勤接过信，请老人进屋坐。这是客套话，放在往常，邮递员是不进来的，但今天他进了屋。

邵文勤给他沏茶。老人坐到沙发上，接过茶杯。老人说："Masson 老师，我在这片区域工作三十多年了。"邵文勤说："是的，听周围的人说，很久以前就认识您。"他说："是呢。"邵文勤说："我来这里也有好些年了。"老人说："可不是嘛。今天给您送信，您让我进屋坐坐，我就和您谈谈，我可能要离开这里了。"邵文勤错愕，问为什么。老人笑道："我年纪大了，腿脚不灵活，马上退休了。"邵文勤才恍然大悟："是的，不过您身体很硬朗。"老人说："再硬朗，到了年纪，也该退了。"邵文勤说："这活儿确实辛苦。"老人说："也不知道还能给您送多少次信，我现在动作与思维越来越迟钝，说不准哪天就换新人了。"邵文勤不知道如何安慰老人，就说了些好听的话。

老人离开后，邵文勤打开了那些信封，有《米安津》杂志，也有其他样刊，还有一封叫爱丽丝的女士寄来的信。从信封上留的地址来看，这位爱丽丝女士居住在澳大利亚的阿德莱德市。拆封后，他摊开信笺纸，仔细阅读上面的文字。在读到第一段后，邵文勤的眼睛就雪亮起来。

敬爱的 Masson 先生！

您好，不知道这是不是您的真名，抑或是笔名吧，不过，这些都不重要，重要的是，您收到这封信时，是否会感到诧异。说实话，在拜读完您的小说《初恋》

后，我似乎看到了什么，想到了什么。您知道吗？小说里描述的那场大雪，那个小镇，几乎是我的亲身经历。我感觉自己就是女主角，就是坐在车里的那个姑娘，在那场事故中我失去了知觉，失去了意识，甚至，差点儿失去了生命。可您似乎太残忍，让文中的女主角惨死于车祸，如果我现在告诉您，那个姑娘还活着，您是什么心情……

信末，作者以委婉的口气盼邵文勤回信。显然，这名叫爱丽丝的女士并不知道 Masson 是邵文勤的笔名。令他郁闷的是，她是从何处获得他的地址的。不过这些已经不重要了，正如爱丽丝所言，或许重要的是，那个和他小说女主角雷同的姑娘还活着。他突然想起了北回归线附近的那座小镇，那是 2008 年，那时候他青春焕发，正在一家报社做记者，因为年轻，因为对新闻事业的热爱，他失去了双腿，也失去了心爱的人。

四

早上，主治医生来查房时，爱丽丝和往常一样，静静地躺在床上。两年了，她的面容从未改变过。主治医生查看完爱丽丝的病情，用笔在查房记录上写着和平时一样的句子。

离开病房前，医生来到克洛依跟前，问她有没有想到法子。克洛依老泪纵横，她说，她已经打遍了所有亲属的电话，还是没有借到钱。主治医生对克洛依的遭遇表示同情，遗憾地告诉她，他已经向院方反映多次，不过作用不大，如果拖欠的医疗费无法补上，出院则在所难免。

主治医生离开后，克洛依伫立在窗前。从她的角度望出去，阿德莱德市街道的繁华尽收眼底。上个星期，她就被主治医生叫去办公室，在那间办公室里，主治医生与她进行了一次推心置腹的谈话。内容是，爱丽丝的病情没有明显恶化，也没有好转的迹象，可以说，终身植物人的概率很大，根据她们目前的经济状况，已经难以维持医疗费用。那天，走出主治医生办公室后，克洛依的心情无比糟糕，她本想静下心来思考一切，在卫生间洗了把脸后，她发现自己憔悴无比，脸上皮肤松弛，鱼尾纹明显，细看，还能看见金黄的发间有些许白丝。

那天，她走出卫生间后，收到了邮递员寄给她的杂志《米安津》，在读完上面一篇叫《初恋》的小说后，她发现故事情节与女儿的遭遇惊人相似，她开始怀疑，那个叫Masson的男作家是不是那场车祸后逃逸的女儿的男友。是的，那是2018年2月，雨天不断。那天女儿说要同男友去一个地方采写新闻。采写完稿子后，女儿还和她通了电话，告诉她，他们正在前往奈克镇的路上，约莫两个钟头后就到家。可是，时间不断过去，本该到家的时候，却迟迟未见女儿归来。她数次拨打女儿的电话，始终无人接听。夜幕快要降临的时候，她接到女儿的来电，那边人声嘈杂，隐约中，她感觉到了某种不祥的事情已经发生。她说："爱丽丝，你要到家了吗？"那边是个男声，说："您是爱丽丝的妈妈吧，您的女儿出车祸了，目前我们在出奈克镇向西前行约40公里的山村马路上，车内只有您女儿一人，驾驶员不见了，还请您速赶来现场。"接完电话，她差点儿晕倒在地上，但她还是匆忙套了一条围巾，冲出门，开起家门口的那辆吉普。她不断加大马力，朝着案发现场赶去。

现在，克洛依希望能收到作家Masson的回信。在阅读完那篇《初恋》后，她震惊不已，Masson极有可能就是爱丽丝失踪的男友，那个抛弃爱丽丝的罪人，他至今下落不明，这起交通事故也成为一起悬案。在克洛依看来，女儿与男友同行，车祸发生后，男友却不知所终，这显然是一起故意谋杀案。她固执地认为，Masson就是凶手，就是一匹可恶的狼。她要他付出代价。她觉得，这起事故是该到水落石出的时候了。

自从爱丽丝沉睡不醒后，她每天度日如年。在这期间，她曾经回过家几次，将女儿年少时的照片、衣物、信件、笔记全部翻看。她想起女儿青春焕发时的样子就心痛，在过往岁月里，由于家庭原因，她陪伴女儿的日子实在不长。正因为此，在翻阅完女儿大量的日记后，她知道了女儿的成长轨迹。发现自己，作为一名母亲的失职。

为了还爱丽丝一个公道，她决定借用爱丽丝的口吻，向Masson写信，希望通过书信往来，以往事感化Masson，引他出洞。

五

他决定给她回信，提笔数次，均无从下笔。该从哪写起呢？他并不认识这个叫爱丽丝的女人，从她的来信中可知，爱丽丝对他小说中发生的故事了然于心，甚至，有种把他当成小说男主角的感觉。

那么，他该如何回信？难道告诉爱丽丝，那篇小说就是自己的亲身经历吗？这些问题困惑着他。思来想去，他还是不打算如实相告，他没有必要向一个陌生人交心。不过出于礼貌，他确实该回这封信。

于是，他在信笺纸上写道：

爱丽丝女士，您好！

很荣幸收到您的来信，感谢您阅读并批评我的作品。另外，我对您的遭遇也深表惋惜。您对小说提出的几点意见，我认为十分宝贵，已经记录下来，这对我以后的写作帮助很大，特别是您提到小说女主角结局过于残忍这一点，我深以为是。其实，写作时我并未思考太多，只是按照故事的走向，觉得应该如此。既然您提到，我也作了相应思考，故事不该这般惨烈的。

感谢您的来信，愿您早日康复，也很乐意与您探讨小说创作。谢谢！

在寄出这封信后，邵文勤开始等待。他在想，这样的回复不知道妥否，爱丽丝会给他回信吗？或许会吧，他希望收到她的回信。有好些天，他将自己推到周边的公园里，看着人们在长椅上休息，在路边侍弄鸽子，在草地上遛狗，以及那些年轻的情侣挽手走过，他就会静下心来思考，这个爱丽丝是个怎样的女子。她是否正躺在阿德莱德市的某所医院里，读着他给她的回信。她的英文来信字迹清秀，她应该是一位妙龄女子吧，有可能披着金黄色的波浪卷长发，有着高挺的鼻子、深邃的目光，连唇齿也红润白皙。他开始陷入幻想，这种幻想似乎占据了他一些时间。每天从公园回来，他都会下意识地留意家门口的信箱。他不在时，邮递员会将来信件放进信箱，可是留意了多日，依然空空如也。由于对爱丽丝的幻想，他的工作似乎也有所耽误，好几篇小说开了头，却都没心思续写。

想到这个爱丽丝，他就越发的郁闷，世间雷同的事情竟然真的存在。不过回头一想，那场大雪中，仅他知道的车祸就有好多起。他又开始回想女朋友了，那天，女朋友穿着一件灰色的呢子大衣，他们从山上采访回来。受访者是南方电网的几名户外工人，雪灾来临后，不少地方通电受损，为了帮助村民恢复通电，工人们顶着大雪高空作业，这种尽职尽责的精神难能可贵。在录制完视频后，他们本想请假的，将婚事提上日程，可很多事来得太突然，当天回家的路上他们就出事了。他还记得，当时整个世界白茫茫一片，空中飘着雪凝，司机开得小心翼翼，但由于不熟悉路段，在经过一个急弯时，车子一下子打滑了，司机又踩刹车又打方向盘，却徒劳无用。那一刻，他预感到了死亡，也是那一刻，车子沿着山路滑了下去……

想到这些，邵文勤就头疼，他不想去回忆，回忆让人难过，让人痛苦。这些年，他独自来到澳大利亚，想抛开往事，重新生活。可新的生活没有让他愉快，反而使他孤独、偏执、自卑。不是没有人给他介绍过对象，可每当他看到自己的那双腿时，就鼓不起爱的勇气。

此刻，他依然孤独地守着偌大的屋子，门铃没有响，邮递员也不见来。他有些怀疑，年迈的邮递员是否把他的信件耽搁了，或许他的办事效率真的在降低吧。他需要耐心，需要淡定。

几日后，那个挂着笑容的老邮递员再次敲开邵文勤家的门，邮递员从腰间的邮包里摸出信件。邵文勤急忙接过，翻看了几封信件后，他找到了爱丽丝寄来的信。这次，邮递员很匆忙，说他耽搁的信件有些多，得先忙去了。

邵文勤没有挽留。他关上门，迫不及待地打开了爱丽丝的回信，读完那封信后，他的心怦怦地跳动，这种感觉许久未有。他似乎看到了什么，又像是捕捉到了什么。连他也想不通，他竟然有种冲动，这种冲动难以言喻，他当即想给这个素未谋面的女子回信。

六

在收到 Masson 的回信后，克洛依是高兴的，这证明了她的第一封去信是有意义的。在这封去信里，她措辞严谨，口吻妥帖，既表达了对 Masson 的小说《初恋》的喜爱，也讲述了“自身”雷同的遭遇，以博取 Masson 的同情，同时，她还谈了谈对这篇小说的几点看法，以体现出自己在文学鉴赏上的能力，以博取好感。

事实证明，事态的发展确实如她所掌握的一般。而她也在暗自思忖，该如何继续回复他。她不能告诉他，自己就是爱丽丝的母亲，更不可能告诉他，真正的爱丽丝已是植物人，正不省人事地躺在床上。现在，她需要做的，就是极力把自己伪装成爱丽丝。

她反复阅读女儿的日记，试图找到女儿的成长轨迹，揣测女儿的情感路线。但她无法把握时间、地理逻辑，她怕出差错，怕弄巧成拙。她选择循序渐进，用一些委婉的话语探索 Masson 的内心变化。在给 Masson 的第二封去信里，她抹去了具体的时间，追忆了许多关于男女陷入爱河的种种琐事，她想，这些事情或许能勾起 Masson 的记忆，打动 Masson，让他怀念与爱丽丝相处的种种情景。

写完这封信后，她急忙去了邮局，把信件寄了出去。主治医生在那天下午找到了她，告诉她必须把前期欠下的住院费交了，否则下周就得离开医院。她有些急了，她翻遍手机里所有的电话号码，能打的都打过了，还能从哪里借呢？唯剩那个多年来没有联系的既陌生又熟悉的男人——爱丽丝的父亲。在爱丽丝十五岁的时候，克洛依就与他离婚了。那场不幸的婚姻，对爱丽丝的成长伤害很大。离婚后，爱丽丝变得固执、叛逆。很多事情，她与爱丽丝都缺乏沟通。很多时候，她都是通过查看女儿的日记了解她的心理状态。作为一名母亲，她知道这样做不合适，可她别无他法。女儿二十岁那年，似乎长大了许多，一下子理解了单身母亲的不易，开始有意识地关心起她来，这令她倍感欣慰。可是，好景不长，接下来发生的一切，令她措手不及，悲痛不已。

她还是拨了那个多年未打的电话。电话里，还是那个熟悉的声音，只是沧桑了许多。她没有告诉他女儿发生的种种，她觉得说这些意义不大，只会换来他的咒骂与不解。简单地寒暄后，她决定低头求助。他没有拒绝，要了银行卡号后，说下午资金就能到账。

交完钱，主治医生告诉克洛依，这笔钱只能够维持一个月的费用。爱丽丝苏醒的概率极低，住在医院既耗费财力，又难见好转，可以的话，回家照料也行。

这些话是克洛依不想听到的，她不想放弃女儿，放弃希望。或许此刻，能真正解救爱丽丝的只有 Masson，她开始担心起来，一个月的时间，能不能把 Masson 引出来，要么将他绳之以法，要么让他为自己的行为付出代价，女儿的后半生就该交由他来负责。

看着女儿静静地躺在床上，克洛依的心始终未能平静。她坐在床边，捧着那几本日记，反复阅读，反复揣摩。她决定提前把给 Masson 的信写好。她一连写了好几封，在这些信件里，她将女儿日记里相关的地名、事件不断糅合，用各种方法抒情，不断默读，以使人感动。事实上，在她还未感动到 Masson 时，自己就哭成了一个泪人。

七

再次收到爱丽丝的回信后，邵文勤陷入了某种臆想，这种臆想或许作为男人都会有。在爱丽丝的这封来信中，不断地追忆过往恋爱的种种事情，如牵手、拥抱、亲吻，等等。

这些往事历历在目，使邵文勤想起了女友，想起了他们第一次亲密的情形。那是中国西南地区一座小县城，寒冬里，他和女友从电影院牵手出来，彼时刚看完电影《西西里的美丽传说》，电影的女主角太性感、太漂亮了，有着金黄色的波浪卷长发、高挺的鼻子、深邃的眼眸、白皙的长腿。最主要的，是男主角的那种纯情，那种青春期少年都有的躁动，被表现得淋漓尽致。在回学校的路上，他和女友拐过一个巷口时，情不自禁地将女友搂进怀中，并抵到墙上，紧紧拥抱、亲吻……

爱丽丝的这封回信里，发生的许多事情，如他亲身经历一般。不过，他还是清醒的，他知道女友已经死去，爱丽丝不可能是自己的女友。只是，不知出于何故，他竟然期待着收到爱丽丝的回信，每次阅读爱丽丝的来信，他都沉浸在那些隽永的文字里，像是那些故事能唤醒另一个真实的自己。

有那么一个晚上，他梦见了一名女子。梦境十分迷幻，他记不清是在中国还是在澳大利亚了。只记得那是一个高挑的女人身影，披着波浪卷的长发，穿着短裙，站在一棵法国梧桐树下。她的背后像是一片草地，又像是一座农庄，这些都很模糊。他只记得她冲着他笑，向他招手，示意他过去。梦里，他的腿还是好的，能直立行走。他朝前跑，发现前面有积水，在蹚过几处水洼后，他爬上了草地。女子继续冲着他笑，他以为快要抓住她了，她却转身莞尔，然后朝着远处跑去。他跑到梧桐树下，树底下竟然有一匹枣红色的马。他二话没说，跳上了马背。他又看到了她。她正穿着那条短裙，在广阔的草场上奔跑，她的头发被风吹起，短裙像蝴蝶一样扑扇着。他夹紧马背，感觉裆下温热。当他快要抓住那个女子时，他一下子从梦中惊醒过来——他梦遗了。这事令他既害臊又好奇，他竟然梦遗了。梦里的女子是谁，他说不出来。

半个月的时间，他与爱丽丝有过好几次通信，有一封信件里，爱丽丝还寄来了自己的照片。果然如他所想，是个妙龄少女。他想，即使爱丽丝遭遇了车祸，依然风姿绰约。很多时候，他都想在信里提一提见面的事情，又怕这样过于唐突。他不敢告诉爱丽丝，自己是个残疾人。想到这里，他就心生自卑。为什么呢？为什么呢？每天面对镜子剃须，总要叩问自己，是不是真的爱上了这个没见过面的女人。

收到爱丽丝寄来的夹有照片的信件后，他已经很久没有收到爱丽丝的回信了。每天早上，他都会把自己推出门，坐在门口草地上晒太阳，更多的时候，是想看看邮递员有没有来。细算下来，邮递员已经有好久没来了，这完全不合常理。不知道为什么，他开始担心起来。担心爱丽丝是不是察觉到了他的身体状况，不愿再与他联络，又或者是爱丽丝生病了，不然不会迟迟不给自己回信。这种担心逐渐占据他很多时间，他在各种猜测下，变得疑神疑鬼。

直到有一天，他终于按捺不住，决定前往邮局。当他把自己推到邮局时，堆在收发室里的信件使他惊愕，这里竟然积压了很多未送上门的信件。经过了解，他才知道，老邮递员已经退休，新的邮递员未能及时补上。

他决定自己查找信件，在那堆密密麻麻的信件里，他翻到了爱丽丝的来信。没等回到家，他就拆开了信封。在这封来信里，爱丽丝向他表达了爱意，告诉他自己目前的心境，十分想见他，并决定给他一个惊喜。希望他在五天后能按照地址去找她。他看了看落款日期，算了算，邮递员耽误了好几天。距离爱丽丝所说的日子，竟然只差一天了。

八

克洛依焦急地等待着，在寄出这封信后，她就忐忑不安。心想，Masson 会不会上钩。她竭力把自己伪装成女儿，描述的那些事情完全出于臆想，会不会露出蛛丝马迹。要是 Masson 知道女儿已是植物人，还会不会来，他肯定害怕受到法律的制裁。但仔细一想，从 Masson 的多封书信来看，言辞切切，并非有戏耍之嫌。

医院留给她的时间不多了，还有一天，她们就得出院了。为了尽快唤醒 Masson 的良知，前些时间，她还在去信里夹有女儿二十岁时的照片。那时的爱丽丝十分漂亮，她蹲在海边，握着贝壳，风拂过她的长发，笑容灿烂。克洛依不知道那张照片是谁给她拍摄的，从日期推断，极可能就是 Masson。前几天，她又给 Masson 去信，信中交代了自己对 Masson 的想念之情，希望他能来看她，并以“惊喜”为诱饵。

她有考虑过给 Masson 手机号，但想想，害怕他听出她的声音，还是让他按照地址来算了。

在病房里，但凡有人进入病房，克洛依都会抬头看看。她的等待似乎陷入了某种怀疑，只差一天了，既没有收到 Masson 的来信，也不见 Masson 前来。每当有护士进屋换药，护工更换床单，清洁工打扫卫生，她都十分失望，十分烦躁，甚至，她开始在门外踱步，巡视楼道，看看有没有可疑的人，会不会 Masson 已经到了，只是不愿进来。还是她给 Masson 的信露出什么破绽？她陷入了焦虑中……

同她一样心理状态的，是远在昆士兰州的邵文勤。邵文勤在读完那封爱丽丝的回信后，既惊喜又忐忑，他快速把自己推回家。在卧室，他不断更换衣服，一会儿西装，一会儿夹克，一会儿衬衫，该穿哪件呢？要不要打领结呢？他觉得自己的样子实在糟糕，如果爱丽丝看到这样的他，会不会躲起来，会不会不再和他联络，他陷入困惑。真到了那边，要怎么交代呢，告诉她自己就是残疾人，告诉她隐瞒身份的苦衷？啊，这些太糟糕了，他顿觉生活一团乱麻。不过一想到惊喜，他似乎又来了兴致，爱丽丝会给自己什么惊喜呢，一个吻吗？还是表白？啊，极有可能都不是，爱丽丝喜欢的是那个才华横溢的Masson，不是这个瘸腿的邵文勤。他推着自己在屋里乱窜，他开始捶打他的双腿，他觉得这真是一件糟糕的事，他为什么会给爱丽丝回信呢，如果不回信，就不会有那么多难以抉择的事情……

结　局

关于这篇小说，作者只写到上述情节。有人认为这是一部残篇，也有人认为，故事到此亦可终结。对于上述两种看法，作者曾表示，他并非专业小说家，这篇小说是否成立，需另当别论。值得注意的是，作者在走访邵文勤时，发现邵文勤记忆错乱，所述之事有些可信度不高。加之，作者与克洛依联络后，发现二人口径确实不够统一。上述故事，是依据口径统一部分整理而成，而后克洛依与邵文勤是否真的相见，双方各执一词，难以考证：

克洛依说，Masson并未按时赴约，她早有预料，所谓百密一疏，无论她如何伪装，她都不可能是爱丽丝。Masson是爱丽丝的男友，当然会发现破绽。况且，书信来往那么久，若真有唤醒Masson的良知，Masson难道不会拨打爱丽丝的电话？作为男友，难道Masson没有爱丽丝的手机号吗？难道不会前往警察局自首吗？

邵文勤说，他确实赴约了，那天他赶到医院后，推着轮椅走过住院部的各个楼层，确实没有找到一个风姿绰约、笑容恬静，和照片上相似的姑娘。

有人看完这篇小说，认为邵文勤与克洛依后来可能相见过。只是见面那天，彼此都出乎预料。克洛依完全没有想到，Masson 竟然长着一张中国人的面孔，且年龄与女儿相差甚大。在见到 Masson 后，克洛依意识到自己的种种臆想是多么荒诞，Masson 绝不可能是爱丽丝的男友。

也有人说，邵文勤与克洛依后来极有可能相见过。当邵文勤来到医院，看到躺在病床上的爱丽丝时，先是错愕，后认真倾听完克洛依的解释，内心崩溃，五味杂陈。他对这对母女既有原谅之情又有怜悯之意。重要的是，他的思维开始混乱，他再也无法清晰地想起中国女友的音容，他彻底走进了对爱丽丝幻想的陷阱，这令他头疼不已……

猫　眼

一

我把身份证交给了老板娘，她问我：“你能干吗？”我说：“能。”她登记完我的身份证号，把证还我，说：“晚上就住楼上，以后干活儿踏实些，不会亏待你的。”

下午我正式上班，帮着端盘子、抹桌子、扫地。晚上十一点，客人较少，我从厕所里出来，见进口处有间密室，门是防盗门，起初我还以为是什么装食材的地方，可是回想一天都没见人从里面拿过东西。我按捺不住好奇心，趴在门外朝着猫眼里望去，结果里面有图像出现，就仿佛是看电影，不过是无声的。

我看见一个老人面露惊恐之色，他的头发有些花白，不长，眼睛被吓得快鼓出来了。也就几秒钟，图像竟然又变成了一把枪，准确地说是一只手握着一把枪，不过不能看见握枪的人。图像也是几秒钟就过去了，变成了一口棺材，棺材停放在一间很大的屋里，屋里到处是白布和花圈。

我想再继续看下去，但此时那边有人叫我端盘子。

后来我做每件事都心不在焉，而这里的每个人又都好像很正常，正常上班，正常做事，似乎从来不知道猫眼的另一头有这样一个神奇的世界。不过我又在想，会不会是我产生了错觉，看花眼了呢？

老板娘让我把桌椅收拾完就上楼休息。我想问问饭店里的另外几个服务员，但不知如何向他们开口。毕竟猫眼的那道门隔壁就是女厕所，如果我真问，别人知道了我看猫眼的事，还会产生误会，认为我行为不检点，有怪癖，甚至有猥亵他人的嫌疑。

我决定等大家都睡下了自己一个人再去看看。

凌晨十二点半，大家都进入了梦乡。女生宿舍里的人到底睡着没睡着我不知道，按照常理来说，我见过的女生喜欢在深夜闲聊，哪怕白天工作再忙，学习再累，只要是躺在了床上，三五为伴，都能从某某男生长得帅气聊到对方父母太抠门等各种话题。

女生宿舍的灯是熄了的。

我打开手电筒，下楼，进了男厕所先撒了泡尿。我又找到了那个猫眼，此刻看进去里面黑乎乎一片，啥也没有。我怀疑自己前面花了眼，又怀疑是因为现在没开灯，太黑，照不见里面，于是我把手电筒的光对准了猫眼，结果我被吓了一跳。

二

我醒来时楼下已经开始扫地了，老板娘和厨房师傅的说话声不知何时传到了我的耳朵里。我这才恍恍惚惚地意识到，上班时间要到了。这群家伙，欺负我一个新来的，起床也不叫我。

顾不上洗脸，我就下楼干起活儿来，从门后找来拖把，使劲地拖地。小时候我爸跟我说过，以后无论做什么事情都要好好做，不管时间长短，不管在哪里。我这次出门，虽然来的时间很短，但是我也想给老板留个好印象。

厨师拍拍我的肩膀，把我吓得不轻。

"瞧你那样，想啥呢？今早上怎么叫都叫不醒。"

"我吗？"

"不是你还有谁？别拖地了，赶紧去吃早点吧，一会儿好干活儿。"

说着他便进了厨房，让配菜的人给他切菜。

我则狠狠拖了几下地，决定去外面买份早餐。我对这里的烙饼早有耳闻，说是美味至极，我要了一包纯牛奶，加了一个烙饼，感觉味道还不错。

“老板，给你钱。”是个女孩的声音。

咋那么熟，我不禁向十米开外的另一个摊子看去，长发披肩、背影瘦削，穿淡黄色 T 恤、黑色牛仔裤。这不是昨晚和我说话的女孩吗？她怎么会在这儿？虽然我没看到她的脸，但我敢断定就是她。

我得去和她打个招呼。他大爷的！这时候面前有辆公交车驶过，又高又大，上班人群蜂拥而上。等车开了以后，我再朝那摊位的人群中看去，却找不着那背影了。应该是进了前面的巷子，等我走到那条巷子时，只有一个老头儿坐在巷口，那架势正等待人光顾他的补鞋摊，然后就没见一个人了。

回饭店的路上我在琢磨，女孩去了哪里呢？她还没告诉我她的名字呢。

昨晚我把电筒对准猫眼的时候，她就一下子从旁边的女厕所过来拍了我的肩膀，吓我一跳。深更半夜的，还以为是什么女鬼呢。

我说：“你谁啊？”

她说："我还没问你是谁呢。"

我说："我是新来的。"

她说："哦，我是这里的老板……"

我诧异："不是吧？"

她一副嘚瑟的样子："还没说完，是这里的老板的女儿。"

我说："老板的女儿？"

她说："对啊。哎呀，不要问那么多了，陪我聊聊吧。"

我就这么和她坐在了前台聊天，深夜里，我真不知道自己在做些什么事，看不清对方的脸，不过幸好有被她吓着时电筒一晃就照在了她身上的瞬间，哪怕只是一瞬间，我也清楚地记得她的长相、身材和声音。

我们聊了很多，睡时很晚。

最后我问她："你住哪个房间？有空我来串门。"

她说："我不告诉你。"

我郁闷："那你有 QQ 吗？加一个。"

她说："从来不玩儿那玩意儿，好了，快去睡觉吧，我想一个人再坐坐，相信缘分吗？你想找我的时候，我自然会出现。"

三

中午的时候，我有些魂不守舍，在送外卖时送了饭菜却忘了筷子。我疾步往回走，生怕顾客向老板娘反映，如果我没送筷子的事情被她知道了，肯定会认为我做事不认真。

进了门，我走向桌子，拿起一双一次性筷子，正要出门，老板娘就在后面把我叫住。

“小夏，你过来一下。”

“什么事，老板娘？”我畏畏缩缩，等待被训。

“这是我们附近的民警，他刚才登记了你的身份证号，你今天下午不用上班了，去拍个照，办下暂住证吧。”

我还以为是问责我呢，“好，谢谢老板娘。”

警察和我出了饭店，在一张纸上写明了警察局的具体位置，说拍好照，交到那里，他同事会给我办。

我记得顺着饭店的右手方向走上百把米是一座小桥，桥的那头是一条街，那条街上有打印店，可以拍照。平时都是为附近的那个职中的学生服务，昨天送外卖时，我还看见职中的女学生们出来玩儿，长得漂亮的蛮多，皮肤白皙，身材纤瘦。

不过算下来，我觉得还是昨晚遇到的那个女孩子漂亮。

昨晚她告诉我，我想找她的时候，她自然会出现。我现在正有空，一个下午的时间不可能全部用来拍照和办暂住证吧，如果能在半路遇到她，那岂不是件很好的事。

我进了打印店，很快就拍好了八张照片。时间真是过得够慢，我慢吞吞地在路上走，希望能看见她，也希望晚点儿把证办到，晚点儿回店里。不知不觉已经走到了警察局，我猜想他们应该会刁难我，不可能交几张照片就能给我办个暂住证吧。

进了之前纸上留的地址——四楼的一间办公室。是两个年轻人，知道我是来办暂住证的，态度还挺和气，这让我有些受宠若惊。其中一个让我交两张照片，拿出一份新表，说：“在上面写上自己的名字和身份证号，还有电话。”

我写完后问：“还需要什么吗？”

“不需要了，你先回去吧，办好了我们会电话通知。”

郁闷，不是都说办事很难的吗？今天为何那么轻松就搞定。我看看手机，四点还欠十分，要五点半才吃饭，不知道自己该去哪儿。此刻，还是没有见到昨晚的女孩出现。

四

吃饭的时候，我还在想着猫眼的事，时不时会瞟向厕所的那个进口。老板娘最先吃完，说有事要交代。

“我明天要回安徽老家一趟，可能要去一个星期才回来，不在的这几天店里就靠厨师打点，你们得听他的话。”

“放心吧，他让我们往东我们绝不往西。”一个还没吃完的胖女孩说道。

“那我就放心了，钥匙就交给厨师，晚上没啥逛头就别出去了，要出去的跟他讲。”

“好的。”大家异口同声。

晚上十一点，店里就早早打烊了，厨师交代大家好好休息。我睡到十二点的时候依然没有睡意，决定去上个厕所。

这次我打着电筒，从猫眼里看到了另外的画面。

我看到一个瘦高的年轻人握着一把手枪，好像在等待一场预谋已久的事。画面几秒钟后就变了，一个年轻妩媚的女人坐在一张长椅上，一副养尊处优的样子。然后画面又变成了一具棺材，只是这次棺材没有停放在屋里，也没庄严肃穆的感觉，而是在荒郊野外，棺材里有没有人，我也不清楚。

我打算再看看会有什么画面出现，可此时猫眼里一片漆黑，什么都没有了。我在想昨晚的女孩去了哪里，她不是说自己是老板的女儿吗？这两天都没见他们提过自己的女儿。当然了，我也不可能去问，况且他们都回安徽省亲去了，她也应该去了吧。

正要上楼，姑娘又出现在了我后面，拍了拍我的肩膀。

“你这人，真要吓死人，怎么每次都是这样。”

“怎么了，不乐意啊？”

“没。”

“今晚我们出去玩儿吧。”

“出去玩儿？现在都十二点了啊，再说了我也没钥匙。”

“你没有，我有啊。”

“你有？钥匙不是在厨师那儿吗？”

“你忘了？我可是老板的女儿，我当然也有一把钥匙，走吧。”

说着，她就挽住我的手，朝大门方向走去。我打着电筒，她说不用，看她的样子熟门熟路的，应该是老板的女儿吧，我在心里暗忖，不过老板的女儿也真是个神人啊。

五

我们来到了小桥边，风很凉爽。河对岸灯红酒绿，还有很多活跃于夜间没有睡意的人。我们趴在小桥的围栏上。

我说：“你不回安徽吗？”

她说："不回，没意思。"

我说："我今天早上见了个女孩子好像是你。"

她说："啥时候，在哪儿？"

我说："早上的时候，在你家店的对面，不过只是背影，和你一样也是淡黄色 T 恤，我听见了你跟早餐老板付钱时的说话声，不过当时有辆公交车驶来，挡住了我的视线，然后我再往人群里看，却不见你了。"

她说："你看到的不是我。"

我说："不是你，那是谁？"

她说："是我的姐姐。"

我说："你姐姐？"

她说："对，我姐姐。"

我想她姐姐应该和父母一起去了安徽吧，便没再问，我们顺着扶栏往前走。她问我："你今天又跑去看猫眼，是不是想我了啊？"

我不知道该怎么回答她，如果说不想那是假的，可我凭什么想她呢，我们只有一面之缘啊。正琢磨着该怎么回答，她已经坐在了河边，把凉鞋脱在旁边，脚伸进了河里，河水静静流淌，她的脚在水里一荡一荡。

"不说就是默认喽。"

"是啊，我想你了。"

“鬼才相信。”

“那我要是说不想你呢？”

我话音刚落，她的手就往我胳膊上一掐，疼死我了。

“说不想的话，就是这结果。”然后她装作若无其事的样子，把视线投向了对面的繁华区。

“你可真够凶的。”

“是啊，凶，那你现在回去呗，不用陪我了。”

“可是现在已经很晚了，我们该回去休息了。”

“我不回去。”

“那我有个事得问问你，那个猫眼到底是怎么回事，为什么可以看见一些画面呢？”

“你看到了什么？”

“我两次都看到了不同的画面，很奇怪。”

“这是个秘密。”

“秘密？什么秘密？”

“不能说，该知道的时候你自然会知道。”

“好吧，那我们该回去了，我可不放心你一个人在这儿，走。”

“真的？”

“是啊。”

“你不放心我一个人在这儿？”

“对。”

说着，我一把把她扶起来。没想到她裸露的脚踩到了地上的一小块玻璃，“妈呀”一声叫出声。我也不知道是怎么回事，只知道她抱住了我的腰，我不知该如何动弹。她的头发很香，我正寻思着她到底用的啥洗发水，却不想已经感觉到她软绵绵的身子快把我整个人都融化了。

“没事吧？”

“你说呢？”

“那我背你回去吧。”

我感觉到她的头发凉幽幽的，不时搭在我的肩膀上，我喜欢那种感觉。多希望时间一直那么漫长，天永远不会亮，然后我可以一直背着她走在路灯下。到了店门口的时候，她却自己跳了下来，看起来好端端的。

我说：“你的脚？”

她说：“我的脚怎么了？”

我说：“刚才不是受伤了吗？”

她说：“刚才是刚才，现在是现在。好了，我要回去了。”

我说：“不跟我一起进店里吗？”

她说：“不去了，你自己去吧。”

我说：“可是我没钥匙啊。”

她说：“门我没锁，你自己进去吧。”

我准备说些什么，可是已经看到她转身走向另一处了，“你要去哪里？”

“我回家不行啊，这你也管。”

六

早上天气神奇般地转凉了，不知道是不是因为气候不大适应，我感觉鼻子塞塞的，头也晕晕的。一整天上班都没精神，中午去送外卖，有一次又忘记带辣椒，还被客人训了一顿。江南就是这样，很多人吃不了辣椒，但是又有一些外地人吃，所以常常会被搞晕。

好不容易送完外卖，进门时我直接晕得趴在桌子上。

厨师一把把我揪起来，“快起来，下午好好干，晚上我们 K 歌去？”

“K 歌？”

“是啊，老板娘不在，大家前段时间都很累，我们大伙儿商量好的。”

“可是我现在一点儿精神都没有。”

下午的雨蛮大，气温却一点儿降下来的意思都没有，我送完最后一批外卖回来时，店门口的那条街已经积满了雨水。

没带伞，全身淋得湿漉漉的。

到了店里时，大伙儿都已经把桌椅收拾好了。说定了K歌地址，赶紧报名参加，我说自己不想去，他们说今晚玩儿通宵。我感觉自己实在太困，没那精神，只能慢慢扶着楼梯上楼去了。

迷迷糊糊中，我感觉四周已是一片寂静，空荡荡的屋子里只有一个人的声音。

是她，咯咯咯，银铃般地笑，恍惚中我看见她拿着一根鹅毛在我的脸上划来划去。我感觉到她的手很温暖，很纤细，拿着一张热毛巾往我额头上敷，给我把被子盖好。我全身都是汗水，可以断定是重感冒，我想撑起来和她说话，可是眼睛睁开看了一眼后，我就没力气了，只想好好睡一觉。然后我感觉到她趴在了我的身上，靠在我盖有被子的胸口前。

她的发香又散发了出来，我很想伸出手去抱抱她，可是怎么也抬不起来。

醒来时已是午夜，屋里除了我和她没有别人，看来这群家伙真的要玩儿通宵了。我看见她睡得很熟，但是没有盖任何东西，我把身子往后移了移，给她把被子盖好，又睡去了。

早上再次醒来时，楼下已经开始上班，年轻人总是这样，玩儿一晚上第二天照常有精神。我感觉自己和头一天判若两人，神清气爽，一点儿不像重感冒的样子。

只是醒来时，她已经不在我身边了。

七

白天我忍不住好奇，又朝猫眼里看了下，这次的情景把我吓了一跳。

我看见了第一次看见的那个老人站在一家店门口指挥人们搬运货物，这个店的外装饰虽然和现在我所在的这家饭店不尽相同，但地理位置就是这里。几秒钟后，我看见了她，我确定是她，她站在了那天我们聊天的河边，然后跳了下去。我不敢相信眼前的画面，揉了揉眼，画面已经转到了第三幅，一个衣衫褴褛的四五岁的女孩在湖边饮水。

为什么画面里的女孩是她？我简直不敢相信，这个猫眼到底是怎么回事？为什么能看到这些东西？

我感觉自己对工作一点儿都不上心，来上班没几天，却忘记了小时候父亲对我的叮嘱，做事要踏踏实实，要让领导满意。现在厨师对我很不满意，因为猫眼的事，我一个中午直接端错了好几道菜，送外卖时也是筷子和辣椒老忘带。

厨师对我发了火："你到底能不能干，每天都不在状态，一天想些什么？"

我连声道歉："对不起，能请半天假吗？"

"请假？你要干啥？"

"我有事。"

"做错那么多事还想请假？不能请。"

管不了那么多了，我很想去看看那座桥，她说只要我想见她时她都会出现，我想知道现在能不能在桥边找到她。

河边的风很大，不同于前几天，这次是真的要降温了。我感觉一股潮湿的气流朝脸上袭来，正在寻思着她怎么还不出现呢，就看见远处的她袅袅走来。

"嘿，又是在等我吧？"

"嗯，我有事想问你。"

"什么事？"

"我在那个猫眼里看见你了，真的，我看见你从这桥边跳了下去，是咋回事？"

"就这事？你咋不先感谢下我昨晚照顾你，给你退烧呢。"

"谢谢你哈。"

"现在说谢谢没用，哼。"

说着她就转身朝来的路走去。我跟着她去了城郊公园，从山上下来时风已经有点儿大了，我把她搂在怀里，如果不是听了她说的那些往事，我想我不会那么心疼她。当然，我敢确定，我是真的喜欢上她了。

下山的路没有灯，我说背她她不同意，我们两个就一个石级一个石级地往下走。

我说："我打算把你告诉我的事，写成小说给你。"

她说："小说是虚构的，我才不要看。"

我说："那写成真实的故事吧。"

"随你呗。"这下她竟然从后面一下子往我身上跳，跳到了我的背上。

我背着她在路上遇到了两个女的，见了我露出一副怪怪的样子，那样子让我不明所以。

我问她："我的脸上有什么不对吗？"

她说："有啊。"

我说："哪不对？"

她说："哪都不对。"

八

回来时刚刚进门，就发现老板娘在店里，正在打理这几天的账务。

不是说去一周吗？我心里想，怎么才去几天就回来了。而且店里还多了几个人，看样子应该是她安徽老家的亲戚。

我正打算上楼，却被她叫住了。

“小夏，你等下，我有事跟你说。”

“哦。”

“你的暂住证我问了，过些天就能拿。不过你也看到了，今天店里来了好几个人，都是我老家的亲戚。现在工作不好找，我们店的生意你是知道的，说不上差也说不上好。我把这几天的工钱给你算了，你不要对我有什么想法，我没有赶你走的意思。”

“没事的，老板娘，不过我可能要先暂时住两天，等找到了住的地方我再搬出去。”

“好的。”

我知道是这几天的不良表现让老板娘知道了，不管是不是厨师告发的，我都不会去埋怨谁，本来就是我的过错。

干了没几天，老板娘总共给我算了两百块钱。我上了楼，找了纸笔，打算把猫眼里看到的事写出来，到时候给她看。

新住处是在两天后找到的，不大，摆完一张床后基本没剩多少空间。有两天我都没有见到她了，也不知道她能不能找到我新住的地方。

楼下有点儿吵，我把窗户关得紧紧的，希望能静下心来。才下笔，就听见有人敲门了，难不成是房东要来收房租？搬来之前我跟他说好，最近还没找到工作，等住满一个月再交，不会反悔了吧？

我开了门，是她。

“看，我给你带了什么？你肯定还没吃东西吧。”她提着一只北京烤鸭。

“你是怎么知道我在这儿的啊？”

“我不是说过的吗？你想我的时候，我自然会出现。”

她把烤鸭摊在了桌子上，还有蘸酱，我大快朵颐。她却坐在我的对面，看着我狼吞虎咽的样子。

“香吗？”

“香。”

“稿子写得怎么样了？”

“还没写好呢。”

“那我先走了。”

“不是吧。”

“真的，免得打扰你。”

我把手擦干净，她起身，我一把抱住她，“现在已经晚了，不走了。”

“我才不呢。”

“为啥，怕我吃了你？”

“切，我还怕我吃了你呢。”

“我可是色鬼。”

“我还是色魔呢。”

我把她抱在怀里。夜很深，我没有睡意，屋里透着窗外城市淡淡的灯光。怀里的她气如幽兰，呼吸匀澈，熟睡中还说了句梦话——我在店里等你哈。我觉得此时的她真可爱，我把她搂得更紧，真想好好照顾她，以后一直在一起。

早晨窗外传来小贩的吆喝声，我揉开惺忪睡眼时，她已经不在我身边了。

九

后面的很多天都没有再见到她，她睡梦中呢喃的那句梦话一直萦绕在我的心怀。

两周后，我把那篇稿子写好了，并封好在信封里。故事的内容就如她告诉我的一样，讲述了一个老饭店的老板被枪杀，杀手是他情人的情夫，而情夫竟然是他最看重的徒弟。在这场杀戮中老板的两个女儿不断处于逃亡状态，大的那个在被强暴后选择了跳河自杀，小的那个当时只有四五岁，躲过了此劫，四处流浪。

我回到了之前的那家饭店，门庭未改，“好再来饭馆”几个大字熠熠生辉，走进店里，桌椅布局和整体格调都未改变。时候尚早，但店里已经坐满了吃早点的客人，老板娘从安徽带来的亲戚做了服务员，他们各自忙碌，厨师好像昨晚没有睡好，从我身边走过时打了个哈欠，对我的到来不以为意。

老板娘依然坐在那个前台上，好像在轧账。

我说：“老板娘，你好。”

她说：“哟，是小夏啊，快坐快坐。”

说着，她要起身给我倒水，我连忙道谢，说自己来。

坐下后我感觉不点儿些什么浑身不自在，于是我说：“给我来碗稀饭吧，再加两根油条。”

“好的。”她转身吩咐里屋的厨师。

稀饭端上来后，我喝了两勺，感觉动作有些快了，怕吃完后就不好意思再坐着等了。人们出出进进，上厕所的那个进口从我所坐的位置看过去一览无遗，可是好长时间我都没有看见她的出现。

我在想，她怎么还不出现呢？正喝着米汤，对面的那扇镜子怔住我了，我看到她了，镜子反射的地方正是那天她买早点的那个摊子。她正站在摊子边买早点，这次穿的是一身绿色的碎花裙子，长发飘逸，身姿曼妙。稀饭我不喝了，直接起身往店门外跑，我听见老板娘在后面喊我，但是我没有回应。

出了店门，坏事的公交车又出现了，它挡住了前面的视线。等公交车开走后，她已经不在摊位了，我左右环视，发现她的身影正隐没在前些天我追进的那条巷子口。我又强行穿过了马路，跑到巷口时，她的身影又转向了另一条街道，就这样，她下了地下通道，我追到步行街，她上了天桥，我追到天桥……

站在天桥上，我看到了桥下川流不息的车辆和大街上越来越多的人群。而此时，她已经走进了人群，彻底淹没在了茫茫人海里。

我拿着那封手稿四处张望，却怎么也找不到她，和她穿同样款式的碎花裙子的人不止一个。

黑 猫 会 飞

一

薛宜志离开的那天，我和唐晓瑾坐在北京路的宜北町里看书。我的怀里抱着一只黑猫，它的腿扭伤了，发出微微的呻吟声。唐晓瑾捧着一本法国作家克莱齐奥的《战争》，阳光从窗外泻下来，落在绿萝身上，翠绿的叶子越发鲜妍。我说："有个朋友推荐我看保罗·柯艾略的《维罗妮卡决定去死》，你看过吗？"唐晓瑾抬起头，瞅了瞅窗外的那只鹦鹉，说："你觉得它会怎么想？""我怎么知道？"我呷了一口咖啡，味道有些苦。"它每天都被关在这条走廊上，在它的眼里，这就是世界，如果有一天，它被人提到很远的地方，再提回来，估计会发疯。"唐晓瑾这么说。我哈哈大笑，想起鹦鹉挣脱脚链欲意飞出的样子。我的动作有些夸张，弄疼了怀里的猫，就似我也在笑它一样。

我们应该送一趟薛宜志的，我这么想，却没说出口。第一次去找唐晓瑾，她还没搬进毛纺厂。那天薛宜志也在，他是个话不多的男人，我们礼貌性地打过招呼，他坐回沙发上看电视。唐晓瑾在电视柜上拿出要选的色卡，说用橙色的，比较素净。她问薛宜志，薛宜志头也没回，说："你觉得什么好就选什么。"然后他就进屋打游戏去了，听得出来是"英雄联盟"。唐晓瑾低着头认真筛选，我看到电视柜上立着一张照片，有些大，是她大学时候做公益活动的，有唐晓瑾，也有薛宜志，其他人则不认识。唐晓瑾说："还是选择这款浅咖啡色的吧。"我说："好。"临走时，唐晓瑾说装窗帘的时候，先跟她说一声。

那是个周六，云城下起小雨，淅淅沥沥的。早上有两位妇人来选窗帘，看来看去，都没定下来。我想先把唐晓瑾家的给装了。给唐晓瑾打电话，她懒洋洋的，像还没起床。"啥事？"她在那头问。我说："今天有空吗？把你家窗帘装了吧。""哦，装吧，家里有人。"然后电话就挂了。我收拾好工具，带上窗帘，开着那辆破旧的广汽传祺去了唐晓瑾家，快要进楼梯时，我仰头看了看她家的阳台，我以为她会站在上面浇花，或者做些别的。直到进屋，我才发现唐晓瑾还没起，是薛宜志嘴里含着牙刷，给我开的门。

“早啊。”我冲薛宜志笑笑，不知道还能用怎样的方式打招呼。他也冲我点点头，径自进了洗漱间。我找来板凳，拖到阳台上。我站在板凳上，再次测量了一下阳台的长高，这是我做事的风格，以求精准无误。电钻插上电后，我就开始打眼、锯衣杆，屋里嗡嗡作响，墙面也跟着震动。我知道，唐晓瑾肯定会被吵到，她惺忪着睡眼走出卧室，我才发现她和薛宜志没有住同个房间。

他们什么关系？我的脑海里闪现出这个问题。我和唐晓瑾此前并不认识。她同事家的窗帘是我装的，或许是她们在某次喝奶茶时，聊到窗帘，又聊到我，我才会在那个阳光暖煦的午后接到唐晓瑾的电话。她打着电话对我说：“喂，是夏老板吧。”我说：“是啊，你好。”她说：“可以帮我装下窗帘吗？”我说：“可以啊，告诉我你家地址吧。”然后她发来短信，我循着地址找到了她家。

此时，唐晓瑾正从洗漱间出来。“吃早餐了吗？”她问我。我站在板凳上安窗帘。“吃了。”我说。其实我没吃，我们这行，不怎么在客户家吃饭的，有些客户只是随口喊喊，这年头谁都忙，要说没吃，人家还得去做饭，多麻烦。果然，唐晓瑾并没有真正要做早餐的意思，她走到客厅，坐在沙发上，捡起茶几上的一只苹果啃了起来。她打开电视，里面是各种动画片和泡沫剧。

另一个房间里“战火连天”，薛宜志正在打游戏，各种声音混杂。唐晓瑾有些生气，她喊道：“薛宜志，你打游戏能把门带上吗！”那边没有回话，唐晓瑾站了起来，狠狠地拉上了薛宜志的门，砰的一声，差点儿把门口的那盆金枝玉叶给震倒。这种花我家里也有，起初我以为是喜水植物，哪晓得浇了一周水，叶片掉得所剩无几。

“可以了。”我说。我从板凳上下来，意欲找毛巾擦掉板凳上的灰。“不碍事，这儿有纸。”唐晓瑾从茶几上抽了几张纸给我，我擦了板凳。她问我多少钱。我说：“650块。”她说：“微信行吗？”我说：“行。”

二

某天下午，我实在疲惫，提前从店里回家，门口的信箱里多了一本期刊，我知道是我在某刊发表的小说《黑猫会飞》的样刊到了。写小说是件隐秘的事，特别是我这样一个高中毕业生，在现今社会学历算是低的了。朋友相聚，我从来不在他们面前提陀思妥耶夫斯基、伍尔芙、毛姆、茨威格等，如果我说，他们会认为我是疯子。他们更喜欢谈论工资、业绩、期货、股票，或者是楼市。

我对买楼没有兴趣，现居的房子是多年前购下的二手房，这条叫毛纺厂的街道尽显落寞，愿意在这里居住的人多是进城的民工，他们花便宜的租金就能享受三室一厅，而老房东们年事已高，多已搬进城中心的小高层。这里环境确实挺差，时逢雨天，地面湿滑，路边摆满各种水果和小吃摊。而我不知道为什么，反倒喜欢这样的环境，似乎这里更接地气，更具人情味。

我进了屋，躺在沙发上，要不是唐晓瑾的名字赫赫在目，我是不打算读那本样刊的。那是一篇叫作《合租记》的散文，讲述女主同一个叫 X 的男人合租的故事，读起来五味杂陈，将现代大学生毕业后的生活窘境描写得淋漓尽致。我咀嚼着她的文字，风格上倒有点儿像我见到的唐晓瑾，娴熟温婉，又有那么点儿烟火气，我突然开始对她文中的 X 感兴趣，这个 X 会是谁呢？我思考着这个问题。或许出于志趣相投，又或许是其他，我想和唐晓瑾联络。我该告诉她这个好消息。我找到唐晓瑾的电话，发了条短信：我平时有看杂志的习惯，在《×× 文学》上读到一篇叫《合租记》的散文，是你写的吧？祝贺！

这样的联络方式不显唐突，也比较自然，凡是个有礼貌的人，都会回复我。大概十多分钟过去，我还是没有收到回信，我觉得我该休息会儿，实在太倦了。我不知不觉进入梦乡，具体梦到什么，醒来已经记不清了，总之乱糟糟的。我看了看电视柜上的钟表，已经是夜里九点。这个时候，她已经回复我信息了吧。我伸手去摸沙发上的手机，点开，她回复我：谢谢，看来我身边还是有看书的人。我拿着手机，不知道该怎么回复，我知道，她也是个爱读书的人。我回复：是啊，不过读得少，瞎读。这是种委婉的说法，如果我说自己喜欢读名著，那多少有些装×，别人会怀疑我能读得懂吗。我以为唐晓瑾会继续回复我，哪晓得并没有再次互动。话说回来，我属于内向的人，不太善于交际和管理，虽然经营着一家窗帘店，但主要凭手艺吃饭。所幸店不大，有时候亲自上阵，要是员工多，还真不知道该怎么打理。

肚子咕噜噜地叫着，我才意识到还没吃晚饭。我该吃点儿什么呢，随便煮点儿面吧。十多分钟，我在厨房里忙活出一碗面，吃饭时我也没闲着，好奇唐晓瑾的文章，想读读她其他作品。我端着面进了书房，打开电脑，登录省电子图书馆的账号，输入唐晓瑾的名字，跳出不少她的作品。她不仅写散文，还写诗歌。换在以前，我不太希望别人知道我写作，毕竟有点儿另类的感觉。现在，我有点儿后悔自己用笔名发表文章了，不然，唐晓瑾就会晓得我的小说和她发同期，高中老师的那句至理名言在我脑海里闪现，叫“一个人再有才华，只要不展示出来，都等于没有才华”。

此刻，我正在欣赏唐晓瑾的才华，我读着她的诗，有校园时代的，也有毕业后写的，都挺好。

我以为我们不会再有交集。七月初的时候，天气热得烦躁，我已经不太愿意出门装窗帘了。那天黄昏，我拎着一瓶可乐，站在小区门口看小卖部的大爷逗狗，唐晓瑾给我打电话。她说："你在哪儿？"我说："云城。"她说："我是说现在在哪儿。"她的声音有些急切，又似乎强忍着某种难以掩盖的痛。我说："在我家附近，怎么了？"她说："云城人民医院，你能过来接我下吗？"

我没有再问，说可以，果断挂掉电话，开着那辆破旧的广汽传祺上了路。到达云城人民医院门口时，她立在一棵香樟树下，风拂动着她的头发，脸色惨白。她手里拎着一只塑料袋，里面是药，我没特意去看都有些什么，只感觉她没有以前精神，不知道生了什么病。我把车子靠边后，叫她上了车。

我说："我们去哪儿？"

她说："去我家吧。"

她靠在座椅上，似乎不太想说话，我们全程静默。进了她家，她示意我随便坐，然后自己进了卧室。我问她想吃点儿什么，她说什么也不用。她把房门关上，连同手中的袋子也拿进了屋。

三

这是个尴尬的夜晚，电视里播放着热播剧，我却没有心情看。她整晚没有出来，我是走是留，拿不定主意。薛宜志呢？我满是狐疑，这个我来两次都坐在屋里打游戏的男人去哪儿了？我环视屋内，电视柜上的合影不见了，我再瞅向薛宜志的房间，门口的那盆金枝玉叶也不见了。他搬走了吗？我朝他房间走去，扭开门，里面空空如也。

天早早就亮了，从没有这样睡在某个女人家里，我压根儿没睡着。六点过的时候，有人来电，说北京西路某客户安装的窗帘颜色和色卡有出入，让我去看看。我穿上鞋，在洗漱间随便抹了下脸。洗漱间里，只剩下女人用的东西，连洗面奶也是。

我没有管太多，临走时总得和唐晓瑾打个招呼，况且看她昨天的情形，状态不是太好。我敲门，她半晌才开。我说："你好点儿没？"她站在门口，气色比昨天稍显好些，说："没事，谢谢你了。""不谢。"我有些不好意思，"说实在的，没帮到你什么。""哪里的话。"她淡淡说着。"那我先走了，有点儿事。""你去忙吧。"我潜意识地睃了一下她的卧室，扫视到墙上满满当当的书，和她有些凌乱的被子，没有看到她昨天买的药，或许药已经吃了点儿吧，她的袋子里应该有矿泉水。转身时，我还是禁不住问了句："薛宜志走了吗？"她说："嗯，搬走了。""好吧，那你以后有什么需要我帮助的尽管说。""嗯。"她关掉了门。

北京西路的这位客户，不愧是住在城中心的有钱人，身上透着股小市民的铜臭气。店里的员工小陈已经提前到了，在他面前垂丧着脸。

"钱不是问题，主要是你们要保证质量，懂吗？你看看你们给我装的是啥，抹布吗？"

"王老板，不好意思，这是失误，其实色卡和布料多少还是有点儿色差的。"

"我不想听这些，不要给自己的失误找理由，色卡是什么颜色，就装什么颜色。"

"您消消气。"我递给他一支烟，他说他不抽烟。烟是我出门必备的，哪怕我没有吸的习惯。

"快去换掉，我不想再和你们理论。"

"好好好。"我让小陈把窗帘都换下来，向客户保证明天一定做好。客户坐在沙发上，正从衣兜里摸出一支烟，点了起来。说："好，明天来安，颜色再不对，就退订金，而且赔我的损失。"

出了那栋楼，我真想啐他一脸唾沫，这样的人我见多了。谁都有做得不周到的时候，但得学会互相理解。回到店里，我让小陈抓紧联系厂家，请调色工人把颜色调适好，还有机器也得配合好。

整个下午，店里生意都特别好，很多人想安装窗纱，说天气越来越热了，家里孩子睡觉醒来，身上到处是蚊子叮的包。我登记完他们的信息，留下电话和住址，收下订金，安排工人挨家挨户去量尺寸。忙到黄昏，总算顾上吃饭。我想起唐晓瑾还在家，不知道她吃了没。我给她打电话，她说自己叫了外卖。我说："好，不要饿着。"她说："没事。"

后来，给北京西路的客户安装好窗帘后好些天，我们都没再联络。

直到有天傍晚，我又下晚班，路过小区门口，看到那个大爷又在逗狗，那是一条很普通的黄毛土狗，约莫半岁大。大爷手里攥着只瘪气的皮球，嗖嗖地丢出去，那只小狗就嗖嗖地跑出去，他俩玩儿着你来我往的游戏，小狗每叼回皮球一次，大爷就撇一小截火腿肠作为奖励。

我说："大爷，兴致挺好？"

大爷瞅瞅我。"怎么才来，刚有个姑娘找你。"然后他指着远处说，"看到没，那里有只猫，她留下的，还写了张字条。”

那是一只粉红色的笼子，里面是只黑色的猫，它的样子瘦弱，我和它四目相对，它竟不自觉地低下了头。看样子，它是只流浪猫。我拎起笼子，上面留的字条掉了下来，我捡起字条，直到进屋才打开，上面写着这样几行字：

夏老板，不知道该怎么感谢你。有些事不方便向你倾诉，那天我确实很无助，翻开电话本，不知道该打给谁，最后还是觉得请你帮助妥些。

这只猫是前两天我在弄堂里捡到的，我给它起名叫小黑。小黑的脚流了很多血，我带着它去兽医院包扎，现在已经好多了。

它很可怜，在这座陌生的城市，我竟然找不出另一个能收养它的人，你帮过我，能再帮一次吗？我知道你不会介意的。你也是个善良的人。

收下它吧，或许我会回来，或许不会回来，你都好好养着它吧。

愿我们还能再见！祝好！

唐晓瑾留

四

进入七月，空气里氤氲着各种水汽、汗气、酒气，云城夜晚的河边烧烤摊人满为患，人们在各种喧嚣声里打牌、吹牛，还有碰啤酒。我抱着小黑走在河边，对岸灯光辉映，突然想给小黑拍张照片，发给唐晓瑾看看。我才意识到，我没有唐晓瑾的微信，这年头，谁发照片还用彩信呢？或许她的微信绑定了手机号，我复制她的号码试试，果然能搜到她。网名叫“静默如初”。像她的风格。个性签名是：但愿那是我给你的自由，X。

我还是加了她，我不知道X是不是那篇散文里的合租者，如果是，那会不会就是薛宜志，她干吗说但愿给他自由呢，她束缚了薛宜志什么？唐晓瑾很快同意了我的添加。我发了个笑脸过去，问她在哪里。她说，大理。大理是个好地方，很多人不都喜欢去大理吗？放飞自我的天堂。给你看样东西，我说。她问是啥，我就拍了小黑的照片，告诉她小黑的脚已经好了。她乐坏了，还和我发了语音。我听得出来，她的心情挺好。我说：“薛宜志不只是合租者吧，是你男朋友吗？”我知道，有些话，只有趁她开心的时候才适合问。她静了静，说：“怎么问起这个？”我说：“没什么，看你个性签名，突然想到的。”她说：“过去的事已经过去了。”

那天晚上，我是靠在沙发上睡着的，感觉天上的星星特别明亮，小黑爬到我的头顶，它想出去。这个调皮的家伙，自从脚伤痊愈后，就不安分起来。有好几次，我回来发现沙发上，客厅里，都被它搞得乱糟糟的，不是扯坏我的沙发布，就是碰倒柜子上的装饰品，连我养的摇钱树，它都拿来当树爬，抓破皮。

现在，它正以特有的姿态，向我发起权威性的挑战。它踩在我的头上，伸出前爪挠着窗户。我很想看看它要做些什么，讲真的，这栋楼一共六层高，纵然猫有从高处掉下去瞬间扭动腰肢安全着陆的本领，但毕竟太高了，真的掉下去只有死路一条。

我还是尝试性地拉开窗户，它弯曲着身子缩了出去，或许是意识到楼层有些高，它的尾巴不自觉地举了起来，亦步亦趋地在窗户边缘上走，发出喵喵的叫声。我伸出头，瞅见窗户的右边顶角上多了个鸟窝。那是燕窝吗？我打开手机上的电筒，果然是燕窝，我一直以为燕子只有在春天才筑巢，没想到夏天也会。小黑继续叫着，前方空中有两只翻飞的燕子栖息在电线上，这下好了，我家又多了一种动物，我不禁有些兴奋。小黑的叫声急了起来，它似乎在寻找某个能跳下去的位置，我循着叫声，隐约听到另一只猫给它做回应。是的，是一只猫，根据声音判断，或许比小黑小点儿，不知道在楼下哪一层。

小黑的前爪躁动着，我知道它要跳下去，我一把拽住了它，快速关闭窗户。它似乎不高兴，在沙发上踱步，发出更加急躁的叫声，且声音越来越大。我懒得理它，我决定把屋里所有的窗户都关上。

这个晚上，小黑窝在我的脚边沉沉睡去，我进入梦里。我梦见了唐晓瑾，梦见她和我头次见面的场景，她穿着一身白色衬衫，站在写字楼前，她的发髻扎得很漂亮，眼睛也很好看。她说："还是你们好，做一家窗帘就是几百上千块。"我说："有些客户的窗帘上万呢，不过每个人的付出不一样，我也是从学徒做起。"

梦里，我没有告诉他我只读过高中，我潜意识里觉得，这是我在她面前比较难以启齿的事情，或许她并不在意这些，她只认为我们是普通的相识者。

五

再次见到唐晓瑾，已经不是在梦里。

那天她走进我的店铺，我正低着头整理七月份的账目。一个熟悉的声音划过耳畔，说："晚上有空吗？"她冲着我笑道，嘴角微微上翘。“什么时候来的？也不打个招呼。”“难道这样不好吗？”她瞪大眼睛，注视着我。“好，当然好。”我说着，把只看到一半的账目合上，“走吧，想吃什么？”我做出准备下班的样子。“据说北京东路新开了家海底捞。”她说。“这你也知道？”我为她的“吃货”精神折服，看来她不仅会写文字。

这家店环境还不错，我们随便点了些蔬菜和肉类。吃饭的时候，还聊到文学，我说：“如果我会写文字，你觉得我像写什么的？”她想了想，说：“写鸡汤的吧，你们这种土豪老板，不都喜欢看人才管理、为人处世的大道理吗？积累的经验也多。”我撇撇嘴，不知道该怎么回她。我说：“我们同期的那些稿子，你觉得哪篇好？”她定睛看了看我，惊奇道：“同期？什么同期？”我才意识到自己说漏了嘴，不过将漏就漏吧。我说：“是啊，就是和你的散文《合租记》同期的小说，猜猜哪篇是我写的？”“这怎么能猜得到，看是看过，但快忘记了。”我说：“就是《黑猫会飞》，怎么样？唐大作家指点一下吧。”唐晓瑾嘴里含着东西，不可思议地望着我，似乎对那篇稿子有些印象。她半会儿才说：“指点谈不上，那篇是你写的啊，你还会写小说？”我说：“是啊，我写的。”她说：“怪不得那么粗浅。”这话听得我有些愣，不过她笑了，我也笑了。

我知道她去大理没有白去。

饭后，我没有约她看电影，我们散着步，绕过河边的烧烤摊，云城河畔其实挺美，夏日里还算凉快。唐晓瑾趴在护栏上，对面是灯火通亮的八角楼。她自言自语道：“大理和丽江也有类似的楼。”我说：“先别谈楼，你不想念小黑吗？”她说：“是啊，小黑。”然后她转过身，问我小黑多大了。我伸出手比画，说带她去看。

小黑又站在了窗台上，要不是我开灯，它就不会瞥过来看我，更不会看到唐晓瑾。唐晓瑾惊叹它长胖了，冲过去抱着它往怀里揉。小黑显然是不高兴的，或许它已经忘记了唐晓瑾，忘记了这个救过自己性命的恩人。它发出喵喵的叫声，一下子跃了起来，跳到沙发上，又跳上窗台。唐晓瑾打算再去抱它，我拦住了。

“看看它想干什么。”我说着，拉开窗子。它跳到窗台上，继续发出喵喵的叫声，过了一小会儿，楼下隐约传来了猫的回应声。我说：“它是男猫还是女猫？”事实上，我确实不知道它的性别。“我怎么知道。”唐晓瑾回看我一眼。“我以为你捡到的，你会知道呢。楼下应该有人养猫，或许它发情了吧。”我说。“你才发情了。”唐晓瑾看着我，咯咯地笑道。我也笑了。我真想回一句，我确实有点儿想发情了，话到嘴边，我没说出口。

小黑有跃下楼的倾向，我从后面一把搂住它的腰，拽了回来。我关上窗户，有燕子飞了回来，扑扑地扇动着翅膀，钻进筑好的巢。那么晚还如此辛苦，我为它们感叹。这条破旧的街道，不像童年时生活的农村，许多人家屋檐下都有燕子，我的猫也不像农村的猫，它似乎对于捕鸟和猎鼠没有任何兴趣，唯独对楼下那只性别不明的猫感兴趣。

放下猫，我和唐晓瑾这样的两个人坐在屋里是比较尴尬的。我拿着遥控器，问她想看什么，她说什么也不想看。我说："你暂时会搬回去住吗？"她想了一下，没说。我说："就住我这里吧，别误会，反正你那里空空的，我这儿啥都有，我们各住一间卧室。"

六

唐晓瑾搬进毛纺厂后，我把她以前的书也搬了过来。白天，她在屋里看书，写字。晚上，我们为看什么电视剧而争闹，那段时间杨幂演的《三生三世十里桃花》挺火，我不太明白，这样的泡沫剧她也能看得津津有味，还是那个会写散文的文艺女青年吗？而我呢，更乐于看烧脑电影。不知怎的，刘亦菲饰演的电影版上映后，我稀里糊涂地约了她去看。

我和她就是在那天相恋的。这听起来似乎有些快，却是事实。看电影的时候，我不自觉地握住了她的手，她没有拒绝。走出电影院，窗外飘着大雨，我们都没有打伞，和电影里那些狗血桥段一样，雨势没有停下来的意思。人群渐散，我拽着她的手，冲进雨中，我们像两个并肩作战的战士，穿过枪林弹雨，拐过一个又一个弄堂，我们都忘记了被雨淋透。拐到某处角落时，我就这样，一把搂住了唐晓瑾。她有些冷，钻进我怀里时，我还能感觉到她在瑟瑟发抖。

我说："我们在一起吧。"

她抬着头，说："你说什么？"

我说："做我女朋友吧。"

我抱紧她，她的头发湿透了。

她定了定，然后说："不可以。"她用力地推开我，我没有挣扎，她走进了雨里，我在后面追。我问她："为什么不可以？"她说："不可以就是不可以。"我冲上前，反转她的身体。我说："你不该想那么多，我早已经忘记了。"

和她相恋，犹如相处了许久一般。我们习惯这样同居的日子，直到那天中午，唐晓瑾穿上鞋，说去买菜，说要给我做顿好吃的。她走后几分钟，邮递员敲门，是我新的样刊，还有一封信。我从来没有给人写信的习惯，那封信不是给我的。

上面写着：

云城市西安南路毛纺厂 B 栋 6 单元 6 楼　唐晓瑾妈妈（收）

云城市北京南路 35 号　英英（寄）

我把样刊丢在餐桌上。35 号？这是什么地方？我的脑海里乱了起来。唐晓瑾有孩子吗？她不仅和薛宜志恋爱，还有孩子，这个孩子居然住在云城。

我有些冲动，内心燃起无名火。我攥着那封信，没有打开，也没有撕掉，我把它揉成一团，塞进裤兜里。我想等唐晓瑾回来，再和她当面对质。风从过道里吹过来，拂在我的脸上，我伫立在门口，不知道该怎么面对。唐晓瑾的脚步声传了过来，她是拎着一堆菜出现在我面前的。

“怎么了？不进去？”

“吹风。”

“有什么好吹的？屋里有空调，开着门反而更热。你看，我给你买了什么？”唐晓瑾瞥向手中的袋子，里面是条鲫鱼。她知道，我有吃鲫鱼的喜好。我们才在一起没多久，她连这个也知道了。

“我现在没有心情吃。”我挠了挠头，不知道该怎么说，内心满是火焰。我坐到餐椅上。

“怎么了，感冒了吗？好像没发烧啊。”她把菜放在一旁，一只手扶住我的额头。

“好了。”我说着，甩开她的手。她有些怔住，立在那里呆呆地看着我。我站起身，咬紧牙齿问出了那句我不想问的话：“你有孩子？你有他的孩子？”

唐晓瑾的眼睛里有眼泪在打转，我分明看出，已经有些红了。她弱弱地说了句：“我就知道，男人都是一样的。你应该早就知道。是的，也可以这么理解。”

“好！”我说着，从裤兜里摸出那团纸，狠狠地砸在地上。我想我是冲动的，也是匆忙的。那一刻，我什么也没想，也没有意识到，那是我自己的家，我就这样跑了出去，没有带任何东西。

唐晓瑾在后面喊：“小夏，小夏。”

我不想听到她的声音，还有什么好听的？我只想静静。出了楼，我开着那辆破旧的广汽传祺，真不知道该去哪里。我绕过市中心的大十字，觉得还是该去北京南路35号看看，看看那个和唐晓瑾有着血肉关系的孩子。

我把车子停在附近的停车场，按照门牌号找到那里时，眼前是破破烂烂的几个大字：云城南苑儿童福利院。

这意味着什么，唐晓瑾把孩子生了，留在这里？也不对。

唐晓瑾毕业没多久，就算有孩子，也不可能会写字了啊。我感觉自己被冲动涨昏了头，或许这是一场误会。

我跟保安打过招呼，走进福利院。我找到了那个叫英英的女孩，她正站在二楼的阳台上晾衣服，要不是阿姨给我指点，我还不知道是她。她看起来很瘦，六七岁的样子。阿姨说，孩子很听话，读书还行。

我知道自己错怪了唐晓瑾，我想跟她说声对不起。我摸着裤兜，发现手机忘带了，我决定上楼和英英聊聊。

她对我的到来不以为意。

我说："你好，是英英吧。"

她晾好衣服，把盆放在走廊的角落上，愣愣地看着我说："你是……？"

我说："我收到你的信了，我是你唐妈妈的男朋友。"

她有些错愕，说："薛爸爸？你不是薛爸爸，薛爸爸前面才走。"

我不明所以，什么薛爸爸？旁边的阿姨尴尬地说是以前和唐晓瑾常来看她的人，因为常来，孩子不懂事，就认了他们做爸爸妈妈了。

薛宜志的相貌在我脑海里闪现，我记不清他的样子，毕竟只见过两三次，倒是那幅做公益的照片在我脑海里浮现。原来，薛宜志和唐晓瑾大学就相恋了。

我感到很尴尬，孩子见我半天不说话，就自个儿下了楼，她似乎对我没有好感。

七

我不知道该怎么面对唐晓瑾，我错怪了她，还吼了她。我吼人的样子肯定很凶，店里的员工就被我吼过，他们都说我发火的时候很吓人。

我开着车，在城里溜达，去过台球室，去过体育馆，还去过城边的钓鱼场。天黑了，我才朝着毛纺厂的方向驶去，停好车，走出停车场时，我感觉有人跟着我，我不敢肯定是谁，那人个子比我高，穿黑色 T 恤，夜里看不清脸。

我没有回头，经过楼下一辆旧摩托车时，我借着反光镜瞅了瞅，是薛宜志，他来做什么？我先不理会。我径自上了楼，唐晓瑾应该在家吧，我不知道该怎么哄她，只能厚着脸皮敲门，门没开。我掏出钥匙，把门打开。开灯，屋里没人。我以为她在的，她去了哪里？我进了厨房，那条鲫鱼已经做好了，只是没吃，放在保鲜箱里。

人去哪了？我翻遍了屋子，没找着。

我得找我的手机，得打电话给她。我手机也没找到，可恶，真是乱糟糟的一天。我突然担心起她来，她去了哪里呢？她会去哪里呢？她应该给我打过电话，然后发现我没带手机。她联系不上我后，会不会整个下午都出去找我了？

我的猫还在，它看见我烦躁，也开始在沙发上踱步，发出喵喵的叫声。它的叫声让我越发烦乱，我拉开窗户，一把把它抱到窗台上。

“不是想跳吗，跳啊！”我朝小黑吼道。

此时，突然传来敲门声。

砰——

砰砰——

谁敲门？我想去开，又感觉不像是唐晓瑾。相恋后，我对她的脚步声已经十分熟悉，包括敲门的声音大小和节奏。我决定不开门，我想看看是谁。敲门声停了，应该是在等我开门。

我的猫在窗户边发出喵喵的叫声，我听到了楼下的小猫做出回应，也喵喵地叫着。然后，我看向窗外，路灯昏黄，楼下站着个身影，是唐晓瑾，她在那里干什么？

此时，又传来了敲门的声音。

砰——

砰砰——

唐晓瑾似乎还在难过，借着灯光，哪怕有些远，我也能从她稍许凌乱的头发上判断，她应该哭过，应该找过我。

她没有喊我，我想，她是希望我去哄她的，就像她哄小黑一样。她逗着小黑，在楼下学着小黑发出的喵喵声。然后，小黑也叫了起来，它踱着步，意欲往下跳，嗖——它果然立起尾巴跳了下去。

我不知道下面有多高，只看到一道黑影飞了下去。

然后我的门，砰的一声，被撞开了……

猎　手

一

他问我："精彩不？"我说："这家伙胆子怎么那么大，不怕死吗？"他说："谁知道呢，这种情况下，横竖都是死，它应该意识到了这一点，所以才不惜性命全力以赴，要不要再放一遍？"我说："那就再放一遍吧。"

那是一只雪豹，它盯上了一只羚羊。羚羊行走在悬崖峭壁之间。它们的脚下是皑皑白雪，是裸露的岩石。横亘在它们中间的，是一条二十来米宽的山崖。那只雪豹弓起腰，全力助跑。完全没有想到，它竟然冲了过去，飞越山崖，一口咬住羚羊。整个过程羚羊措手不及。惯性使然，雪豹咬住羚羊后，前肢抓牢羚羊。它们浑然一体，从山崖上滚了下来。山崖太高了，雪块跟着崩塌。我以为它们会很快停止滚动，哪知道山下还有巨石，山势十分陡峭。砰的一声，雪豹和羚羊一同摔在巨石上，摔进乱石堆中。

“看到没？它还在滚动。”它竟然没死，这简直是个奇迹。是的，太难以想象了。雪豹死死咬住羚羊。它们躺在一堆乱石中，良久。猎豹活了，它有食物了，它暂时不会死了，它终于松了口。就在我们都以为羚羊已经窒息时，倏忽之间，羚羊腾起身子，竟朝山下飞跃而去。猎豹恍然发现，也跃起身子，再次朝羚羊飞奔。“真是神反转啊！”他不禁感叹，“生命真他妈伟大！”

“我现在就想要这种视频，这个视频太火了，你知道的，光评论就两万多条！”我说，“我拍不出这种视频。”他说：“没关系，我有道具。”我说：“什么道具？难道是雪豹和羚羊？”他说：“雪豹没有，捷克狼犬有一只，母山羊有一只，不够的话，门口看门的老汉也借你用。”我说：“难度还是很大。”他说：“没有难度，我也不会找你了。”我说：“我知道，我马上毕业，现在需要钱。”他说：“对了，别怪我刁难，给你三个‘道具’，我就要三段不一样的视频。你看着办，刚好也是证明你能力的时候，拍摄过程中遇到各种问题尽管同我联络。”我说：“价格还是和之前谈的一样吗？”他说：“只要拍得好，可以加价，起步价5000块。”我说：“好，那行。”他说：“我现在觉得直播不好做，想做视频，直播太没技术含量，还是得长远计划。”我说：“是的。”

从室内出来，外面风挺大，飘着雪。他是个牧人，不过现在已经不是牧人身份，是个“网红”。他叫卡塔尔。此刻，我跟着卡塔尔走进他家的羊舍，里面孤零零地站着一只山羊，又瘦又弱。我说：“你没怎么照料它吗？”他说：“请来看家的老汉不理事，家里条件不允许，我现在人都照顾不过来，哪还顾得上羊？”出了羊舍，我们又绕到他家后院，那里拴着一条狗，耳朵直立，眼睛上斜，长得很像狼。卡塔尔说：“这家伙就是捷克狼犬，血统纯正，属于新培育的狼与狗杂交出来的犬类。”我说：“它会咬人吗？”他说：“会，但不会咬你，不过你要是惹它的话，就不好说了。就这样吧，我先回城，晚上还有直播，你有任何需求尽管同看院子的老汉讲，他叫李建平。”我说：“行。”

卡塔尔走后，我和李叔聊了一小会儿。李叔说：“你要我拍戏，对吧？”我说：“是，你是主演，没准儿还能出名。”他似乎有些兴致，问要不要换身衣服。我说不用。他说：“我们需要什么道具？”我想了想，“暂时不需要什么道具，只需要一辆车就行，拍摄需要转换场地。”他说：“行，有辆快报废的比亚迪。”

回到制鞋厂，天已经快黑了，我给许莹莹打电话。她磨磨叽叽从宿舍出来，全身裹得像个绒球。我说："我想到办法了。"她说："你找到钱了？"我说："没有，不过应该能成。"受新冠肺炎疫情影响，今年各处厂子效益不好，我们待的厂子拖了几个月工资，实在没办法，我直接辞职了。她问我找到什么工作了。我说给别人拍短视频。怕许莹莹误会，我没提对方是个"网红"。话才说出口，许莹莹就说："能行吗？"我说："行，有钱就能激发能动性。"

晚上，我们在一家小餐馆吃饭，我对她说，明天不能陪她了，估计要去一个星期，她有些失落。吃完饭，我们俩站在路边，她双手吊着我的脖子。我说："怎么了？"她说："有点儿怕。"我说："你怕什么？"她说："什么都怕。"我沉吟片刻，心想，再怕也没有其他办法啊。我说："没办法，我们现在的情况，你是知道的，缺钱是一回事，关键事业和家庭啥都还没撑起来。"她有些伤心，眼圈瞬间红了起来。我不敢再说了，只是紧紧抱住她。最近这个星期，我们都烦透了，上周我们去了市医院，医生说她必须在两周内手术，否则怕引起不良影响。

少顷，她说："你确定能弄到钱？"我很笃定，说："放心好了。"为了让她安心，我在她脸颊上索了个吻。我们用力抱了抱彼此，就此作别。

二

摇上窗户，我问李叔，车有没有空调。他说没有。“这也太冷了。”他说再开五十公里就到了。李叔是小兴安岭人，儿子在南方打工，多年没回来，老伴儿死了。家中没什么田地，李叔就跑到呼和浩特给人看家护院，每月 2500 元底薪，包吃住。我问他这点儿钱够不够，他说平时除了喝酒抽烟，用不上什么钱。

到加油站，我们加完油，各自撒了泡尿。我打开后车门，从座椅上把狗和羊拖出来。两个畜生没有驯服好，在座椅上撒了尿，一股子臊味，我有些恼火。然后，我们在服务区偏僻的角落抽了会儿烟。李叔说：“你搞视频没多久吧，看你年纪蛮轻。”我说：“平时瞎鼓捣，缺钱，也不知道你们老板从哪儿找到的我，给我打的电话。”抽完烟，我们继续上路。到达小兴安岭的一处村庄时，我才发现，那地方比我想象中的还偏僻。真是深山老林，位于铁力市边缘。村子不大，从远处眺望，坐落在桦树林中，炊烟几缕，住户稀少。李叔说他家房子早卖掉了。我说：“那我们今晚住哪儿？”他说去森林里，以前他在那地方当过守林人，这会儿虽然换了人，但是屋子应该还在。我们赶到目的地时，天已经黑透了。木屋映入眼帘，一小栋，窄小的窗子泛出微黄的光。

车子开到木屋门口，熄了火，我们俩下了车。李叔上前敲门，走出一个小伙子，头发蓬乱，面如蜡色。李叔问："就你守林？"小伙子点点头，"就俺，咋的？"李叔说："俺们借你这屋住两天，成不？这屋以前还是我搭的呢。"小伙说："你是李建平？"李叔说："是俺。"小伙忙起来招呼，问吃过饭没。我们逡巡屋内，感觉他挺不容易，不想让他麻烦，但肚子饿得咕咕叫，只好说没吃。小伙说："锅里还剩点儿饭，冰箱里有酒，你们要是不嫌弃，将就着对付下。"

简单吃过饭，我把羊和狗拽进屋来。李叔说："今天太累了，要拍什么明天再说。"我说："肯定了，今晚拍不成。"我到木屋旁找来些干草，给羊和狗垫在地上睡，还找了点儿玉米粉和剩汤剩饭，把羊和狗给喂了。

第二天，天方亮，李叔就忙把我叫醒，问我打算怎么拍。我瞌睡上来，说镜头都集中在晚上，不急。李叔说："那我们去山里打猎。"我才晓得，他曾做过猎人。听到打猎，我就来了兴致。这片区域已经禁猎多年，李叔说没事，他又不真的杀生，就是找找感觉，枪里都没装火药。说着，他从车子后备厢里拿出一把猎枪，原来他早有准备。我问这是什么枪。他说："火枪，我会做火枪你信不信？我还会做步枪。"我说："这么厉害？"他说："我以前当过兵，在部队还受过表彰。"我说："真没看出来。"他没说话，径自挎着枪，领我走进林子。

此刻林子里到处都是雪，深一脚浅一脚的。我想起电影里那些设陷阱的情景，"要是不小心踩到陷阱咋办？"我问李叔，"这里有没有危险？"他说没有，说自己在这林子边长大，熟悉得很。

我们聊到视频，他问我打算怎么拍。我说："你做个打猎的动作给我看看。"他从肩上把枪放了下来，端在两手之间，做开枪状。我说："要是发现前面有猎物了呢？"他顿时蹲下身，很利索地在雪地里打起滚儿，整个人躲在一棵大桦树背后。他扣了下扳机，咯噔一声，可惜没弹药。我说："太漂亮了。"他说："可以吧。"我说："不错。"他放下枪，问我能不能开拍。我说："没什么设备，只有手机，不知道效果怎么样。"他说："你专搞这个的，差不到哪儿去。"我说："你抽过旱烟没？"他说："抽过。"我让他做抽旱烟状看看。他从地上捡起一根木棍，那样子真像在抽旱烟。我说："行，不错，不过你得让我想想，看还需要哪些镜头。"

点燃一支烟，我握着一根木棍在雪地里写写画画，思索着该怎么拍。我想到了炊烟，想到了森林的远景，还有清晨的地面，以及戴着雷锋帽穿梭在丛林里的猎人。我说：“你就当猎人吧。”他说：“那还用枪吗？”我说：“用，当然用。”

三

我安排守林的小伙去街上买了些鞭炮，顺便搞点儿铁砂子来。然后，让李叔换了身衣服，穿得特别严实。我往木屋的炉子里丢了些牛粪，就喊他开拍。李叔站木屋外面，我躺在雪地里，他嘴里叼着一支烟杆。烟芯被他吸红了，他身后的木屋顶上，烟囱冉冉升起青烟。我说：“漂亮极了，你要做思考状，随时警惕周边有猛兽来袭。”于他而言，这或许本身就不是表演，只是再重温一下狩猎的生活，所以做得极为漂亮。

拍完这组镜头，我和他走进森林。选了半天，终于找到一条不错的小路。我说：“你肩膀挎着火枪，只管笃定地走路，不要东张西望，我叫你停你再停。”商量妥后，他开始走路。我从后面拍了一组镜头，是他的背影，又跟着他的脚步拍了几个特写。然后，我蹿到他前面，让他重新再走一遍。他重新走，我再拍。我说：“行了。”就这样，我们又在山林里拍了些其他镜头。比如他去查看树木，渴了捧地上的雪吃，饿了啃揣在胸前的干粮。总之，守林人的生活什么样，他就表现得什么样。

拍完上午的几组镜头，中午回去吃饭，小伙子已经买好鞭炮和肉。李叔问我：“下午怎么拍？”我说：“下午就拍这条狗，让它当一匹狼，它出现在你附近，你朝它开枪。”他说：“不是吧？”我说：“弹药就用鞭炮里的火药，这样比较逼真，后期我会再做处理。”他说：“也行。”我们草草吃过饭，牵着狗走进山林。我让李叔离我远点儿，狗在雪地里走、觅食、奔跑，等等场景，我都拍了。

拍完狗，我让李叔把早上遇到猎物的动作再做一遍。他端着枪，在雪地里打了个滚儿，躲在树后面。我从侧面拍他开枪。十分漂亮，砰的一声，火枪口冒出火花和硝烟来。他问我：“枪开了，那我打中猎物没？”我说：“没打中。”我又让他装了一筒火药，让狗站在雪地里，他朝雪地里开了一枪。弹药打在雪地上，炸起雪花，狗吓得逃窜而去。我想了想，这家伙还是差了点儿狼性。

这么一整天下来，原本热情满满的李叔有些吃不消了。我说：“拍戏没那么简单。”他说：“我还以为很好玩儿。”我说：“要是好玩儿，人人都能当明星了。”为了感谢他，晚上我们喝了点儿酒，我敬了他好几杯。我说："今天晚上还要拍。"他说："我有些醉了。"我说："不怕，醉了更好，这场是狼夜袭你，要偷你养的羊，你开枪打狼。"

吃完饭，我们把灯关了。狗被我拽到院子外面。这家伙冷得汗毛直立，看上去又瘦又弱。我把镜头对准它的鼻子和四肢，全部是特写。继而，我让守林小伙抱着它，把它挂在墙上，又拍它跳墙的动作。这组动作不好拍，反反复复拍了好多次才成功。拍完狗，我又去拍羊，让小伙在旁边吓唬羊，我则拍羊脚步的特写，拍羊顶着角意欲防备，脚步因胆怯不断往后退的情形。拍完狗和羊，我又拍李叔。拍他睡在床上，听到外面有动静，翻身端起枪，顺势躲在窗户背后，砰的一声朝窗户外开枪。

第二天早上，外面下了雪。李叔问还拍不，我说："下着雪，你先在屋里休息，我剪片子。"李叔和守林小伙打扑克，我坐在炭火边剪辑视频。没有电脑，我直接用手机剪辑，剪辑好视频，又写旁白，写了旁白，请人在网上录音，搞到中午才结束。

故事讲的是，猎人站在雪地里抽着旱烟，身后的烟囱冒着青烟，太阳刚从薄雾中淡淡透了出来。他一天的生活从此开始，除了打猎，为了添补家用，他还在木屋旁修了间羊舍，喂了几只羊。不过，最近羊总是被狼叼走。白天，他曾遭遇过狼多次，和它正面战斗过，双方有惊无险。这天晚上，猎人同往常一样睡下，只见外面寒风瑟瑟，一头狼悄然来袭。它的眼睛闪着绿光，轻盈的身子跃上围墙。然后，它跳入羊舍。山羊发现了它，警觉心起，顶起头上的犄角，不断往角落里退。猎人感知到了什么，倏忽之间，他从床上翻了下来，端起枪，藏在窗后，朝羊舍开了一枪。只听见狼带着哀嚎声，从羊舍的洞穴里逃了出来。猎人打开电筒，照了照屋外的雪地，上面残留着狼的血迹。墙外，受伤的狼只在雪地里留下点点血迹，却不见了踪影。

四

我播放剪辑好的视频给李叔和守林小伙看，他们说还挺有感觉。守林小伙说："没准儿拍上路，还能得奥斯卡金像奖。"李叔哈哈大笑。我说："自媒体上牛人很多，前些天我看到一个专门拍武侠片的。还别说，真不比某些院线电影差。"李叔说："你这视频要不要发给卡塔尔看看？"我想了想，说："先不发吧。我发的话，他肯定会让我修改，我懒得改。等三个视频全拍完了，我再一起发过去，那会儿他即使提点儿意见，也是不痛不痒的，我改起来好改，免得重新拍或者加镜头。”

休息到中午，我告诉李叔，我们得准备拍第二个视频，需要换个地方。他问我该去哪里，我说朝西面走吧，最好是有湖泊的地方。与守林小伙作别后，我们开启新的征程，李叔同我一路向西。

那是小兴安岭的西边，我们在一处湖泊落脚。湖面全被冰雪覆盖，白茫茫的。李叔说：“就这儿吧，你看怎么拍。”我从车上下来，环视周边，寒风冷彻。我理了理衣领，把围巾重新围了一遍。该怎么拍呢？我行走在山间，眺望远处的山崖，心想要不要在那儿试试。

关上车门，我不停搓手，哈气。李叔说：“真他妈冷，想好咋拍没？”我说：“先吃点儿东西吧。”我们进周边林子里捡了些柴火，柴都给冰雪浸湿了，费了好半天力气才生好火。火苗子燃起，狗和山羊蹲在火堆边。李叔打开后备厢，翻出火腿肠、肥牛肉等吃食。人和狗还好，凡是肉食都吃，羊却只能吃端给它的干玉米面，也不知道它怕不怕冷。只觉得山羊胡子老长，白须在寒风中丝丝可见，一缕缕的，像流动的白色火焰。

吃完东西，我决定开拍。“先去对面山崖顶上吧。”我把山羊牵到山崖顶上，狗则被我放在山崖中央。好在那地方容易爬下去，也容易爬上来。这俩家伙像是被驯化好了的，十分听话。我回到山崖上，打开无人机，摁着遥控器，无人机嗡嗡嗡地就飞上了天。在角度的选取上，我使镜头里的山崖尽显危险。然后，我朝狗挥了挥手，吼了几声，它则跑了起来。此时，山羊也跑了起来。山羊跑的速度较稳，狗有些吃力。好不容易爬上山崖，狗像是来了劲，真把自己当成了这片区域的狼，穷追不舍起来。此时，羊越发吃力起来。出乎意料的是，羊折回身子，朝另一个山坡下的方向跳去。我端详着显示器，以鸟瞰的角度看，狗与山羊的距离渐渐被拉开了。

羊冲下山坡，来到湖边。环视了下四周，迟疑着要不要跳进湖泊。狗追得厉害，距离渐渐拉上了。羊嗖的一下，直接跳进湖面。一个趔趄，它摔得不轻。但是羊有毅力，站起身后，就开始朝湖中心跳跃。我感觉镜头已经足够了，可是羊仍然朝湖中心跑去。我说："李叔，我们快下去。"等我们冲下山时，羊和狗都跑到了湖泊中心。狗身子轻盈，羊蹄是硬物，湖中心冰层浅。我正担心怕它掉进水里，李叔就喊道："快看！它踩破冰层了。"

我朝湖面望去，羊的一只腿似乎陷了进去，它动了动身子，显然有些徒劳。远处，只见羊渐渐朝下坠。狗朝着它的方向奔去。李叔说："要不要去救它？"我有些动容，人比羊重，估计还没到羊所在的位置，就把冰面踩塌了。我们祈祷着，要是狗能救它就好了。

李叔跨了一步，朝湖中心小跑过去。见他这样，我也丢下无人机，径自跟上前去。狗已经来到羊身边，它起先是朝水中的羊吠，继而绕着羊转了好几圈。我心想，这家伙估计要死了。狗选了个较好的位置，一口咬住羊的脖子，没咬稳，拽了一嘴的毛，羊蹬了几下蹄子，陷得更深了，狗朝羊的一只前蹄咬去。这次，狗死死地咬住。时间像凝滞了一般，羊已经不再腾弄蹄子，狗却把它拽了出来，拖着羊朝我们趴着的方向滑动。

“羊还活着。”李叔说，“走，赶紧给它烤下身子。”李叔抱起羊，朝着岸边烧过的炭火处奔去。炭火已经熄灭了，还有些暖气。我朝树林跑去，捡了些柴火出来，把火继续生起。羊见我们救下它，似乎有些感激之情，整个身子躺在地上，瑟瑟抖动着，但眼睛却充满温存地看着我们俩。

拍完这组视频，我和李叔都在车里缓了好一会儿。李叔说：“羊也有生命，在这片荒原上，我觉得它俩不像畜生，倒像我们俩的朋友。”我有些动容，不知该说什么好，点燃一支烟。李叔说：“我们还要去哪里？”我说：“等我想想。”

我思来想去，觉得差点儿镜头。我说：“我们再拍几组镜头吧。”他说：“需要我做什么？”我说：“可以的话，我们到周边找个羊群。”他说：“这里冰天雪地的，上哪儿找？”我说：“没法子，就刚才的镜头剪辑下来，故事不完整。”

就这样，我和李叔继续上路，大概驶出四十多公里，我们总算遇到一处农庄。在农庄里找了位牧羊人，经过商量，他同意让我拍羊群生活在茫茫雪地间的镜头。

晚上，我们就在这户牧民家吃住。吃完饭，李叔和牧民看电视，播的是胡歌演的《琅琊榜》，我则剪辑视频。剪好视频，还没录音，我就发给李叔看。他说：“挺连贯的。”我说：“那是。”

只见视频上，一群羊聚集在皑皑雪地里啃食干枯的野草，画面慢慢转向一只年迈的山羊。这只山羊渐渐脱离队伍，沿着丛林小道越走越远。李叔说：“它看上去挺孤独的。”我说：“要的就是这种感觉，后期配上音，效果会更好，我要在里面讲一个故事。”

李叔说：“什么故事？”我说：“就讲一只老山羊，意识到自己行将就木，面对酷寒，雪层层加厚，森林里能啃食的枯草越来越少，它不想拖累羊群，决定默然离开，寻找一个能承载它死亡的地方。它想安静地离开，却不想遇到一只正在捕猎的恶狼。面对天敌，老山羊出于本能，竟忘记了自己反正都将会死去的事实。这一刻，它竟害怕起死亡来了，它仓皇逃命，却来到一块被冰雪冻结的湖面，狼穷追不舍，它跃进湖泊中心，不小心踩塌冰层陷了进去，生命濒危之际，它垂死挣扎……”

五

天方明，北风呼呼地刮着。屋子里暖和，我睡得正酣。电话铃响了，是许莹莹打来的。她的性格我知道，虽然黏我，但是很独立。这个时候打来电话，准是有什么急事。我没忙着接，从炕上跳下来后，先是把裤子衣服穿好，再开门，朝着厕所走去。此时电话已经断了，我回拨过去。她说：“你在哪儿？”我说：“我也不知道在哪儿，挺远的，接近黑龙江了。”她说：“我思来想去，还是有些忐忑。”说着说着，竟带着哭腔。我有些不解，问：“是不是怕疼？”她说：“怕疼的话，我之前就不会答应你了。”我说：“那你哭什么？”她说：“我只是觉得有点儿舍不得。”

舍不得？她有什么舍不得的？我有些纳闷。那不过是个胚芽，还没真正拥有过，谈何舍不得？当然，我没有这么问她。她说：“天气冷了，厂子接了几单货，做过冬的毛皮鞋，我要去更大的车间，但那地方在个小镇上，有些偏僻。”我说：“条件更苦，你能不能吃得消？”她说：“你脑子有病是吗？我是怕这个吗？我是在纠结，那个手术到底还做不做，要是真去做，那地方离城很远，我怕到时候加班加点的，不好请假，也怕去城里不方便。”我沉默片刻，这确实不好办。我说：“你先照顾好自己吧，我再想想办法。”

从厕所里出来，我借着窗户往外看，外面没有再刮风了，却飘起鹅毛大雪。牧民起得早，这会儿嘴里正哈着气，拎着耙子在羊圈顶上耙草。耙了几捆草下来，牧民又折回圈里打热水，用木瓢舀堆放在墙角的玉米面，再倒进木桶里兑好。看样子，是要去喂羊。我的走动声惊扰了李叔，他睁了睁惺忪的睡眼。我说：“不好意思，把你吵醒了。”他说：“哪儿的话。”之后伸手在炕上摸寻衣服。

我们抽着烟。看着窗外飘着的大雪，我不晓得要不要拍视频，也不晓得许莹莹的手术还做不做。我突然想向李叔借钱，但回心一想，我们又不太熟，他不一定会借给我，就算借给我，问我借钱干什么，我也找不到合适的理由。再说了，就算我把钱转给许莹莹，不陪她去医院，也很不妥。

抽完烟，李叔说：“今天还拍不拍？”我说：“拍吧，拍完好回去，大冷天的。”他问怎么拍。我想了想，说：“一会儿得找一群狗崽，最好是刚出生的。要是毛色能和捷克狼犬幼崽相似更好。”他说：“干吗拍小狗崽？”我说：“还是那句话，拍出来你就晓得了。”

在牧民家过了早，我给牧民讲了自己的想法。他说：“没问题，村里有家牧羊犬正下崽呢。”我说：“要长得像狼崽。”他笑了笑说：“狗崽和狼崽外貌区别不大。”我说：“那行。”他说：“只是母狗护崽，凶得很，不一定好拍。”我说：“先试试吧。”在牧民的带领下，我们找到有狗崽的那户牧民，是一个老汉，人挺热情，一个劲儿拉我们喝酒。我说：“大叔，酒就不喝了，想拍拍您的狗，您看妥不妥？”他笑道：“拍吧，拍一下又不会掉毛，有啥妥不妥的。”

母狗有些凶，我还没凑近它，它就蹿出来吠着，龇牙咧嘴的，像是见了多大的仇人。老汉拿着一根棒子，在旁唬着。狗像是给吓着了，夹着尾巴钻进窝里。老汉说：“它不离窝。”我说：“没事。我想到个法子，打开手机镜头，用绳子捆上手机，从窝顶下垂进狗窝，拍几个它们母子生活的常态。”老汉说：“这样不好拍，我去给它端点儿骨头肉，把它引开。”说着，老汉端着一大盘骨头肉出来，狗饿了，出了窝。老汉环住它的脖子，把它抱进屋里关了起来。

这时候，我决定给小狗们挪个窝，全部抱到外面，在村庄后面的丛林边假造了一个窝。我趴在狗窝前面，从各个角度拍摄窝里的小狗，它们有一个睁着眼睛，有一个蜷着身子睡觉，还有一个已经站了起来，走路的样子有些艰难，歪歪倒倒的，不过很可爱。

拍完小狗，我们同两个牧民作别。李叔问："下一步我们去哪里？"我说："往回赶吧。最好能走到有丛林的地方。"车子刚进入一处丛林，卡塔尔就打电话来了。我不想接的，却不得不接。我说："老板好。"他说："小夏，你拍得怎么样了？"我说："前面两个视频拍完了，剪辑得差不多了，就差配音了。"他说："那先发给我看看。"我有些不悦，环顾四周，不见什么人烟。我说："这会儿在森林里呢，没网，只能打电话，请您放心，我拍好剪辑好，就打包发您。"他说："下个视频你打算怎么拍？"听他这么问，我更加恼火：我怎么拍，关你什么事？用得着管这么细？我最讨厌这种还没拍完，就在一旁指手画脚提意见的。但是，我又不能说完全没思路。我给他谈了谈我的大体想法，他听完后说："视频里狼的后腿得有伤，见血最好。"我说："为什么？你不觉得这样做很残忍？"他笑了笑，"又不是让你真的伤它的腿，可以用红墨水代替嘛。"

六

我们找到一座小镇，在镇子上的小商店里买了瓶红墨水。李叔问我：“还需要买啥？”我说：“买点儿干粮和肉罐头吧。”在镇子上吃过东西后，我们把羊喂了，就开着车子离开了小镇。

半个钟头后，我们找到一片不错的山林。我说：“就在这儿停下吧。”停了车，我们找了些柴火生火，狗和羊蹲在火边取暖。身上暖和以后，我说：“开拍吧。”李叔说：“这狗早上就没喂，这会儿肚子都瘪了。”我说：“瘪了最好，不管它。”李叔有些不解，他守着羊，我则先拍狗在丛林里觅食。狗不断穿过雪地，它的脚受伤了，流着血。拍完狗，我又拍羊，羊小心翼翼地在雪地里寻找枯草败叶。这时候，我拍狗遇到了羊，狗不断追捕羊，它们穿过丛林，跋山涉水。

整个视频拍得十分顺利，拍完后，我和李叔就着篝火烤起罐头里的肉，不时分一些给狗吃。李叔说：“这段视频想讲什么故事？”我说：“剪辑完以后再说吧，现在还没剪辑出来呢。”吃完东西，我们继续赶路。

一天后，我们顺利回到呼和浩特。李叔睡觉，我加班剪辑视频，与许莹莹通话，安慰她。她带着哭腔，说怀孕已经超两个月了，再不手术的话后果不堪设想。而且，她现在已经到了新的鞋厂，那地方真是偏僻得很，被子带得少了，晚上特别冷，总之条件极差。我越发着急起来，挂掉许莹莹的电话，我连夜把视频剪辑好，并请人配了音，整理好后发给了卡塔尔。电子邮件上，我说明了自己目前缺钱的境况，当然，女友怀孕的事情只字未提，我只是希望他能重视，能尽快把那几千块钱给我。

卡塔尔是第二天早上打来电话的，说视频看了，拍得不错，本想请我再完善完善的，想到天寒地冻，这几天他又要接受采访，也需要配合别人录视频，大家都不容易，就先这样吧。我不假思索道："钱可以给我了吗？"他说："你发卡号来吧。"二十分钟不到，他就把钱打进我账上了。我心想，果然是"网红"，付钱都这么利索，还能接受电视台采访，了不起。

钱到账后，我立马去客运站，买去往许莹莹所在城市的票。中间得转车，不知道啥时候能赶到。车上，我打开抖音，看到卡塔尔更新了我传给他的视频，他先发布的是我最后拍的那个。我看了好几遍，画面在配音的作用下，十分感人。

这个故事，讲述一匹母狼产下幼崽后，寒风萧瑟，几只嗷嗷待哺的狼崽在窝里等待母狼的归来和喂哺，然而，天寒地冻，母狼难以找到猎物，由于长期饥饿，它的身子越发消瘦。这次，它不得不离家远行，只为能找到食物。所幸的是，它看到了一只山羊。它来了精神，奋力追逐那只山羊。但是，山羊的跳跃能力太强了，一会儿跳过山沟，一会儿跃过枯木。母狼紧追不舍，它必须逮住山羊，否则将难以产奶，难以保住几个在窝里的小狼崽，甚至难以续命。这时，它的腿不知道何时剐伤了，流着血，所经之处的雪地上被染得殷红。它追着山羊爬过山坡，羊动作轻盈矫健，离它越来越远。最终，在鸟瞰视角下，母狼独自伫立在寒风中，它眨了眨沾有雪花的眼睛，不得不放弃了这次无用的追捕。

视频的效果如我所期，评论和转发量都很高，很多人在感慨生命的不易，感慨母爱的伟大。我知道，卡塔尔的抖音又要涨粉了。但是，我的内心，竟生出某种难以言喻的情绪来。

七

见到女友时，她正在加工厂里做鞋子。我站在阳台上，想抽支烟，意识到这里吸烟影响不好，于是决定静静地注视着她。休息的间隙，她迫不及待冲了出来，尽管有那么多同事在场，她还是激动得一下子跃过来抱住我。

这个晚上，我和女友紧紧拥抱在一起。我贪恋她的温存，她拒绝了我，相见之后的欢愉转变成焦虑。她说：“再不去医院的话麻烦就大了。”我耸耸身，靠在床头上，点燃一支烟。我问今天星期几。她说是星期二。我说：“那周五你下班了，我们去县城吧。”她偎进我的怀里，什么话也没说。烟芯在我的吸动下忽明忽暗。讲真的，我有些不忍，做手术应该是很痛的事情，也是十分罪恶的事情。

从周三到周五，我都待在厂子外面的小旅馆，几天下来，我把传给卡塔尔的视频都看完了。我的第二个视频和第三个视频故事相反，主角是山羊，整个故事我同李叔讲过，但没想到，反响竟然如此热烈，网友评论很多，有些网友在底下留言，说这只年迈的山羊多可怜啊，它只是想安静地死去，体面地死去。人们为它的精神感到敬畏，但当它被狼追杀，不幸踩塌冰层落水后，人们看到它本能地挣扎时，依然触动很大。人们评论道：“这是生命，对，生命，人和动物一样，不管平时多么看得开，但真正面对死亡时，依然会产生本能的畏惧感。”“生命是伟大的，更是脆弱的。”“视频怎么到此结束了，它最后到底爬没爬出来？”“希望它不要被狼吃，也希望没有真的落水。”……

这两个视频，虽然都是我拍的，但是我都没敢主动发给女友看，怕她触景生情。我给她看了第一个视频，她说：“当猎人真不容易，好不容易圈养上几只羊，还被可恶的狼叼走了。”我说：“这毕竟是拍出来的嘛。”她说：“虽然是虚构的，但是现实中是有这种情况的。”我不置可否。她觉得我视频拍得好，强烈要求看看另外两个，我拗不过。她看后，感慨更多了。我更加纠结，不知道这个手术还做不做。

时间不快不慢，到了周五，我们还是照例坐上去往县城的客车。还没到妇幼院，我就忍不住想上厕所，在公共厕所里撒了泡尿后，我竟不知道该如何面对女友了。

那个卡塔尔，竟然不是我想象中的唯利是图的商人，也不是个单纯的“网红”。他在更新完我拍的三段视频后，粉丝暴涨，同时他更新了一段新的受访视频。视频里，我知道了他的真实身份。原来，他是个好父亲，他的儿子多年前患上不治之症，为了给儿子治病，他变卖掉所有牛羊，唯独剩下父辈留下的老房子不敢卖，不仅不敢卖，还请了个大叔专门看守房子。他儿子的病还没完全治好，他就已经负债累累了。为了还债，为了救儿，他在网上更新短视频，当“网红”，赚了不少钱。现在，他儿子的病基本痊愈。视频里，他谈到人生，谈到苦难，他的态度豁达认真，完全不像在给观众熬鸡汤。

走出厕所，我有些怅然，浑身说不出的难受。女友站在路边等我。她说："我还以为你掉厕所里了。"我说："怎么会。"我抬起头，医院不远了，几个大字在阳光下熠熠生辉。女友拽住我的衣角，她说："你愣什么？"我说："好像有什么声音，你听。"她说："什么声音？"我说："广播体操歌，这旁边怕是有个幼儿园。奇怪了，现在的幼儿园竟然还做操？"她屏息听了听，说："是呢。"我说："对吧，他们在唱什么呢？"她说："听不清，你听清没？"我说："我也没听清。"

隐 匿

一

直到后来，许长春离开他原来的单位，全家搬离那座小县城，以致我和他失去联络，我把同他去塔里木盆地涉险的事情讲与人听时，依然有人嗤之以鼻，认为我在说谎。“呵，你别讲了，你会认识他？”人们对我所言之事持怀疑态度。好了，我现在不愿讲与他人听，我只想写下来。

许长春来找我的那个早上，我正坐在三楼天台的藤椅上听戏，那是一台 20 世纪 20 年代由德国的留声机公司出产的黑胶片留声机，我的祖母去世前从床底下翻出来的，说让我试试。我请人调试、修护，竟然还能用。唱片是 20 世纪保留下来的梅兰芳的真实录音，从《贵妃醉酒》《穆柯寨》到《霸王别姬》《武家坡》，我听得饶有兴致。

“还是你的生活好啊。”许长春走进阳台，说的第一句话就令我诧然。我说：“难道你过得不好？”他说：“我最近烦死了。”我关掉留声机，准备去给他沏茶。许长春是个文人，但他却没我这般闲适，对于听戏似乎提不起半点儿兴趣。我给他沏的是朋友上月从大理寄来的熟普洱，水泡下去，茶叶逐渐伸展开来，茶香四溢。

“是不是又被哪个女的纠缠了？”我打趣地说道。他端起桌上的茶，轻轻呷了一口。“别瞎说，我现在娃都几岁了，哪还像年轻时候。倒是你，经营着一家 4S 店，却做甩手掌柜，凡事全由你老婆张罗，要多逍遥有多逍遥。”我说：“兄弟，每个人都有自己的难处，你是没见我焦头烂额的时候啊。”许长春说：“我来不是和你比苦的，刚才和我老婆吵了一架，心里不爽，我沿街溜达，到了你楼下，就想着上来坐坐，顺便问下你有啥旅游计划。”

对于旅游，我是没多大兴趣的，早些年还想过出去逛逛，后来发现名胜古迹看不了，到哪儿都人满为患，简直是花钱找罪受。怕扫了许长春的兴，我故作认真，问他打算去哪里。他说：“塔里木盆地怎么样？”我说：“不是吧，那么远，怎么去？”他说：“自驾，就我和你，拖家带口的麻烦。塔里木是个好地方，多年前我就把它列入自己的行程计划，只是忙于工作，实在无暇顾及。”我说：

“让我想想。”他说：“有啥好想的，一个大男人，生意做得风风火火，这点儿小事倒婆婆妈妈起来，我这辈子必须去看看。”我说：“行，那你确定个时间。”他说：“就下周二吧。”我说：“这么仓促？”他说：“这还叫仓促？做事嘛，果断点儿好。”我想了想说：“好吧，我这边准备准备。”

如果我知道许长春找我事出有因，我当时就不该答应和他去塔里木，不过，或许没有我的陪同，也成就不了后来的他。至于为何去塔里木，许长春一边吸烟，一边开着我的牧马人，一边说他小时候对这里很是憧憬，感觉一辈子不去一趟塔里木就算白活了。彼时我们正从轮台县上S165公路（沙漠公路）直趋民丰县，全长520多公里，意欲横穿整个塔克拉玛干沙漠。

外面风很大，我们行驶在柏油路上，已经连续几个小时没有见到一辆车了，方圆几百公里全是戈壁和沙漠。我说：“能不能别开那么快，我们这样不安全。”他说：“怎么不安全？你不会是想到‘双鱼玉佩事件’了吧，那地方离这儿远着呢。”许长春所说的双鱼玉佩事件，对科幻、考古有兴趣的朋友应该都有所耳闻。1980年5月，科学家彭加木带领一支综合考察队伍进入新疆罗布泊，展开古城遗址的考察以及沙漠植物标本采集。出人意料的是，考察队在找到古城遗址后，接二连三地发生了诡异事件，后来，彭加木也失踪在了罗布泊，至今成谜……

许长春像条摆脱铁链的家犬重获自由。夏日的午后，太阳没有弱下来的迹象，把绵延高耸的山峰与纵横交错的沟壑赤裸裸地曝晒出来。我们的车子在骤风中急行。我打开车窗，风嗖嗖地往里灌。我说："你能不能开慢点儿？"他说："怕啥？"我说："我们是来旅游的，不是来飙车的。再说了，如果车子抛锚，方圆几百里没有人烟，到时候叫天天不应，叫地地不灵。"或许见我脸色不好，许长春把车速降了下来。

他说："我就是急着想去见见那个人。"我知道他讲的是李禹红。在踏上旅途的那天起，许长春就给我讲了一件很离奇的事。他说他时常梦见一个叫李禹红的女人。我觉得他有些莫名其妙，就说："李禹红不就是你老婆吗，天天睡你旁边，还用得着梦？"他说："不是，是一个和我老婆同名的女人。"我说："世界真是够小的，看样子你喜欢上她了。"他说："没有。"我说："她长得怎么样？翻照片给我看看。"他说："没照片，也不知道长什么样。"我哑然，感觉他是撞见鬼了，但我没说出口。他递给我几张《云城晚报》，说："这是那个叫李禹红的女人写的文章，你看看，觉得怎么样。"

那是两篇叫《塔里木的绿洲》和《草原上的骆驼》的小文章，都排在《云城晚报》副刊的头条位置。我读了一遍，描述的是塔里木盆地的风土人情、地理地貌。我说："仅仅两篇文章就让你迷上她了？"他说："不是，是好多篇文章。"我说："你没放车上？"他说："在办公室呢，除了风土人情，还有那里的生活随笔，虽然是些豆腐块，但是读起来蛮有意思，比如如何在沙漠中最快寻找到水源，如何在找不到水源的情况下获取饮水。是不是很有意思？"我说："还好吧。"

我问他："那人没有留联系方式吗？"他说："没有留，我曾经在回信中问过，她说自己不求稿费，只求有人读到自己的文字。"我笑了笑，"你们这份晚报估计也只有机关单位在订，除了我会扫扫，还有几个人看？"他说："多少还是有些读者的，只是我纳闷，她怎么和我老婆一个名字？而且也是一名老师。"我说："世界上的奇葩事本就很多。"他说："你觉得有没有一种可能。"我说："什么可能？"他说："这个世界上，有一个和我们都同名的人，又或者不同名，但当你走运的时候他就倒霉，总之，此消彼长吧。"我突然觉得他思考的东西有点儿意思。我说："这个东西很难讲，你的意思是说，这个李禹红与你老婆对应，此消彼长？"他说："我没有这个意思，只是突然有这种想法，比如我老婆从不看书，只相夫教子，典型的家庭主妇，但这个李禹红不同，她没结婚，年轻，我猜还有些漂亮，还可能见识广，性格洒脱，我行我素，做自己想做的事。”我说：“看来你真是在做梦。你就说，我们没有地址，怎么在塔里木找到她？”他说：“我也不知道，但我相信缘分。”我说：“看来你心里不安分，你相信的不是缘分，是艳遇。”他笑了起来，说：“艳遇我倒真没想过，就是有时候会考虑到，她和我老婆除了名字相同，会不会还有其他地方相同，比如眼睛、鼻子、嘴巴。”

二

夜幕拉了下来，许长春说他开不下去了，太累，换我开车。我开了五十公里，困得不行。我把车停靠在路边，周遭漆黑一片，只剩夜空晴朗着，能看见一些星宿散布在空中。我说：“今晚就在这里休息吧，估计再走也遇不到人。”他说：“会不会遇到狼？”我说：“很有可能。”

关于那晚的记忆，我后来和人说过，没人相信。我们睡到凌晨两点的时候，不知道咋回事就突然起风了，是旋头风，嗖嗖的，沙石不断撞上车来。许长春醒了，他抱着头，坐在副驾上问我怎么回事。我说我不知道。他的手像是在摸索着什么，应该是电筒或者手机。我扭了扭车钥匙，打火，车子启动不了。我感觉风有些大，车轮像是腾空了，只是一瞬间，车子又落在了地上。我的脑海里浮现出好莱坞灾难片的各种画面，我不断打火，始终打不着，心想，或许就要葬身于此了吧。

大概过了十多分钟，风骤然停了。夜空依然晴朗，星宿零零散散的。我和许长春像做了一场噩梦，累得够呛。他趴在车窗上，说："刚才怎么那么大的风？"我说："不知道，像是龙卷风。"他说："妈的，差点儿就见不到我女儿了。"我说："这地方不能久留，要不我们回去吧。"他没说话，过了一会儿，他说："等天亮了再看看。"

没等我们睡下，前面的柏油路上就出现了一匹狼。我从来没见过如此瘦弱的狼，电影里看到的都很壮硕，这匹狼却异常瘦弱。它悄无声息地走了过来，正对着我们的挡风玻璃。我说："完蛋了。"他定睛说："开过去吧，撞死这狗日的。"我说："算了吧。"我打了下火，这次顺利发动引擎。然后我开启大灯，直射到狼身上。它真瘦，灰色的皮囊下裹着一副干瘪的身躯，两只眼睛在车灯的照耀下发着绿光。我没有撞它的冲动，而是绕开了它。就在我们驱车前行时，它竟然跟着跑了起来。而此时，我突然发现戈壁的四周都有狼在奔跑，它们全部朝着我们的方向袭来。

许长春有些急了，问我怎么办。我说："后座上有俩羊腿，你赶紧去拿，趁机丢出去。"许长春太胖了，他卡在挡位旁边，手够了半天都没够着。狼紧追不舍，似乎越来越多。我说："你把座位放下来。"他放下座位，伸手够了够，说："羊腿在哪啊？没看到啊！"我忘了告诉他，天气热，怕变质，我把羊腿装进泡沫箱里了，用冰块冻着呢。我说："那只泡沫箱啊！"他抓了抓，够着了羊腿，准备往外丢，却惊叫起来，"你快看后视镜！"我朝右侧的后视镜看去，一只狼不知道怎么跳到车上来了，正扒得紧紧的。我故意把车子开成 S 路线，却怎么也甩不掉这家伙。我说："你把羊腿给我。"我踩了一脚油门，加快速度，然后开了车窗，嗖地把羊腿丢了出去。本以为那些狼会为一腿羊肉争抢，却不料它们组织严密，完全没有自乱阵脚。我赶紧关上窗子。通过后视镜还能瞅见那只狼死死地扒在车窗上，试图咬碎玻璃。我说："就这样吧，反正它们进不来，我不信它们还能追得过车。"加大马力后，前面出现了一个 T 字路口，我不知道该走哪边，一门心思想着把狼甩下去，我打了方向盘，朝右边一个急甩，直接拐上右侧马路，大概跑了三十多公里，才把身后的狼群甩掉。

我就这样一直开着，天露出曙光的时候才慢了下来，把车停靠在路边。我不知道这是哪里，这里离 S165 公路已经很远了。放眼望去，周围全是沙漠，沙漠上零星长着些矮生植物,远处黄色的沙丘起伏有致。我下了车,到路边撒了泡尿,从后备厢翻出面包和水。东面的地平线上，红彤彤的太阳冉冉升起，霞光四射，映在黝黑的沥青路上，我顿时觉得世界真祥和，塔里木的清晨有种无与伦比的美。

“我们要去的那个地方是哪儿？”我敲了敲副驾的车窗，许长春才从蒙眬中醒来。我说：“我忘了我们要去的那个地方的名字了。”他说：“克里雅河。”我递给他面包和水，打开副驾的门，把他拽了下来。我说：“我们走错路了，你快吃，吃了你开，我眯一会儿。”

三

许长春说，既然都走到这条路上了，再倒回去也是浪费时间，不如将错就错，继续往前走。我有些迟疑，这地方完全没信号，更开不了导航，怕走进死亡地带。我说：“你知道塔克拉玛干在维吾尔语里是啥意思不？”他说：“不知道。”我说：“是有去无回的意思。眼前这条路，明摆着是条小路，要是前方合不上大路怎么办？”他说：“怕啥，来玩儿就要有点儿冒险精神，你是不是怕了？”在许长春面前，我从来不想示弱。我迟疑了片刻，说：“要走就走吧，狼都见过了，还有啥可怕的？”

克里雅河实在太远了，我们沿着那条不宽不大的山村路行驶了很久，才合上一条大马路，但离 S165 公路更远了。到了下午我们仍没有到达目的地，信号不知道什么时候又有了，只是有些弱，导航断断续续的。我说：“你专门搜索了解过克里雅河没有？”他说：“没有。”我说：“那怎么想到去那里？”他说：“我梦见那个叫李禹红的女人说她住在那边。”我说：“你简直胡扯！河是流动的，居住点是固定的，她在河的哪一段？上游还是下游？我们怎么找？”他哑口无言，良久，他说：“本来我们也只是出来玩儿的，现在你这样，反而像专门出来找人似的。”我想了想，也是，就算找到李禹红，对我也没什么好处。我们吃过东西，休息了会儿。我说：“你除了工作，平时都喜欢干什么？还和以前一样，天天打网游？”他说：“最近迷上了打麻将。”我说：“你编那么多副刊，没想过自己写点儿东西？”他说：“写啊，我写了二三十年的新闻了。”我说：“我指的是文学稿，小说或者散文之类的。”他说：“正准备写一部。”我问是什么题材的。他说：“还没完全想好，反正是史诗级的，鸿篇巨制，哈哈哈。”他的样子让我觉得有些没正经，我敷衍说道："行，挺期待的。"

我们继续前行，中途遇到一个加油站，我把油加满。这条路还算好，两边有各种防护林，绿色的杨树、柳树映入眼底，能缓解视觉疲劳。我们中途又随便吃了点儿干粮，是从轮台县带来的馕，然后继续上路。这回换我开，为了打发无聊，我们有一句没一句地聊。

我说："你梦见的李禹红和你媳妇有什么区别？具体长什么样？还能回忆出点儿印象吗？"他说："我还真不知道长什么样，应该高挑吧，大眼睛，鹅蛋脸。"我笑了："这是梦吗？是你自己幻想的吧。"他说："讲真的，每次梦见她，梦境都挺迷幻，看不清脸。"我说："不是有句话说得好吗，日有所思，夜有所梦，也许你就喜欢这种的，梦见的也刚好是这样的。"他没说话。良久，他说最近夫妻不和。我说："早泄？"他说："不是那个。"我说："那就是阳痿。"他说："你能不能说点儿靠谱的？"我说："那怎么回事？"他说："就是发现三观不合，为生活琐事吵吵闹闹，也可能因为我工作压力大，当个小职员，每月还房贷车贷都够呛，因此迁怒她。"我说："有可能。"他说："编副刊不好编，云城是小县城，你知道的，全县二十来万人口，每周出两次副刊，很多稿子参差不齐，都不知道怎么选。"我说："外省稿呢？"他说："稿子不够才看外省的，我就是看公邮时发现的李禹红。”

“你说，这世上会不会也有人和我一样叫许长春，然后也在一家小报社做副刊编辑。”我想了想，有可能。大千世界，无奇不有。他说：“这挺有意思，说不准那个人也和我一样，有个女儿，还有个贤良淑德的老婆。”我说：“万事皆有可能，说不准你想来塔克拉玛干沙漠，他也想来。”他突然笑了，“要是遇上怎么办？”我说：“遇上的话就打一架，看谁厉害。”我们俩都笑了。

穿过柏油马路，不知道什么时候路边开始有胡杨。我们像是来到一座村庄，路似乎比之前颠簸，从后视镜看去，车过之处粉尘飞扬。我说：“我们可能又迷路了。”他说：“没事，看样子这地方应该有水。”我环顾四周，树好像越来越多了。远处的山丘上，生长着好多棵胡杨树，它们粗壮、苍老、遒劲，树叶蓬松，一动不动。夕阳的余晖从天边倾泻过来，映在大地上，染得树梢间绯红一片。

四

我们的车陷进了一个沙坑，试过好几次，爬不出来，前轮后轮都打转。许长春蹲在路边休息，边抽烟边看落日。脚下的沙子依然透着一股热劲，我来回踱步，想不出法子。

此时，远处有个老人正赶着驴车从胡杨林里出来。驴车上载着两个树疙瘩，看上去挺老，应该是胡杨的。我向他打招呼，嘿嘿嘿地招手。他像是才看到我们，驻了驻驴车，拎着鞭子，下了车，朝我们走来。

我说："老人家，我们车子陷进去了，这里到克里雅河还有多远？"他用不太熟练的汉语和我交流，连带着各种手势，说一百来公里。我心想，还有那么远啊。我说："村子里还有其他人吗？可不可以请人帮我们把车弄出来啊。"他说有，然后用手指了指村庄的方向，正是落日西沉的方位。我说："行，我和您去吧。"说完，我让许长春在原地等我，我坐着老人的驴车，和他进了村。

村子不大，周边种着些杨树。几个包头巾的维吾尔族妇女正在村子中间的空地上压水，那是平原地区常见的水井。我说："这地方那么干，也能打出井水来？"老人指了指杨树林背后，说："那边有条河。"

水被压了出来，有些浑。有个妇女要提水，看她和老人的言谈应该是一家人，我决定帮她。跟着老人的步伐，我到了他家。院子里点着白炽灯，有些昏黄。老人说："先吃饭，我说我们急着赶路，方便的话，劳烦帮我们招呼几个年轻人来吧。"他让我先坐下，吩咐他"羊缸子"（老婆）

招呼我，自己出了门，说是去找人。他羊缸子端了些西瓜，我随便啃了几块，一直朝门外看，希望他能找到人，花钱也行。

过了一小会儿，老人喊了三四个青壮年过来，他们手里还挎着板子。我说：“带这个干什么？”老人用手比画，大体意思是说，这东西结实，垫在轮子底下，车子就能爬出沙坑了。我们出了村子。许长春还蹲在那里抽烟，见我们来，立马站了起来。按老人说的，几个年轻人把板子垫在沙坑里，我上了车，开足马力，试了好几次，轮子还是打滑。

老人操着维吾尔语，冲着其中一个青壮年边说边比画，指导着怎么干。我和许长春杵在那里，听不懂，似乎也不知道该怎么搭手。只见一个年轻人一溜烟地又朝村子跑去，回来的时候，手里拎着一把大砍刀。到了车边，老人朝车后面的树林指了指，年轻人又跑进树林里。我们都不知道他要干什么。许长春说让他来，他上了车，试了几下，还是打滑。沙子太细太软了。

年轻人从树林里出来时，怀里抱着好大一捆杨树条，只见他蹲在车底下，均匀地把树条铺在两张板子上。我说：“谢谢啊，没准儿这样能成。增大摩擦力呗。”我上了车，启动引擎，这下车子竟然一下子爬了出来。

“好样的！”我冲他们竖着大拇指，感激不尽，连忙递烟。抽完烟，我从兜里摸钱，算是工费。老人没要，几个年轻人也没要，硬拉着我们进村。说现在走不了了，流沙多，晚上危险，要是再陷进什么坑，可真没人搭救了。我看了看时间，快晚上十点半，太阳已经坠到山的另一边了。村子那边飘来饭菜的香味，我的食欲被勾起，顿时感觉肚子好饿。吃了几天饼干泡面，想起都想吐。

我正准备跟许长春说去吃饭，反正今晚走不成了，他已经和几个年轻人搭上话，互相递烟，准备进村了。吃了饭，我们同几个熟悉汉语的年轻人燃起一堆篝火，围在村子中央的空地上交谈。我们发现了一件蹊跷的事，隔壁村距离此处约莫五十公里，那地方到克里雅河不算远，还真有一个叫李禹红的人，音是这么读，但具体是不是这个“禹”，是不是这个“红”，不太清楚。不过，此人是个男的，多年前来这边旅行，爱拍照，会写字，有人见过他在乡村小学教学生们念字，还分享拍摄的图片给孩子们。

许长春听到这话，比我还来兴致。问这人年纪多大，听其中一个维吾尔族青年说，约莫五十岁的样子。我问许长春，给他寄稿子的那女的多大。他说，不知道，但读文字，猜测也就二十多三十不到吧。

我说，文字气息有时候不一定准。我问在场的年轻人有谁读过李禹红的东西。他们都说没有，说自己汉语懂得不多，说以前在克里雅河淘玉时听说过此人，此人经常挂着相机在河边游走，但没人知道这人还会写文章。

“把你那几张报纸拿来看看，给他们读读，看看里面写的风土人情、地理地貌，能不能和那个人那个地方对上号。”我说这话时，许长春像是有些不情愿，表情木讷。我说：“怕啥，还怕哥儿几个看中她啊？”他说：“狗嘴里吐不出象牙。”

许长春拿那两张报纸来后，我照着报纸上的文字读给大家听。其中一个年轻人听后挠了挠头，像为难似的。我说：“小兄弟，怎么了？”他说：“这文章不是我们这儿的李禹红写的吧，这个李禹红应该没有来过塔里木，也没来过克里雅河，更没来过这边的村庄。”我说：“这话怎么讲？”他说：“你看，从这篇叫《塔里木的绿洲》的文章来看，描写的绿洲很大，我们这边没有这种规模的绿洲；另一篇《草原上的骆驼》，描写的东西不合实际，我们这边没有草原，就算有草原，那骆驼也不可能在草原上生活啊，草原上是没有骆驼的，只有沙漠有，所以，这个……”

我和许长春面面相觑。我说：“你怎么审核的稿子。”他说：“我也没这种地域经验啊。”

五

到达克里雅河时，已是翌日下午。河床没有我们想象中的开阔，河水平缓淌过沙漠，推开一道很长的口子。河床两岸混杂着各种沙柳、骆驼刺、沙棘等灌木，还有些叫不出名字的野草。

我说："你看这地方能露营吗？"他说："再转转。除了昨晚上我们睡了个好觉，其他夜里都是在车里睡的，光屈腿弯腰我就受够了。"我们把车停在路边，沿着河床边的灌木林欣赏风景。"这地方果然美。"许长春发出感叹。我说："听说新疆野兔很多，要是今晚上能吃顿烤兔子也不错。"他说："没枪，再说了，我也逮不住。"我说："我以前看过纪录片，知道别人怎么套兔子。"他说："怎么套？"我说："没发现兔子踪迹，说了也是白说。"

地面很热，绿洲地带并不宽广，走了很远以后，脚下的沙子越来越软，似乎每一次拔腿都需要花费更大的力气。我的鞋里进了一堆沙子，时不时还得把鞋脱掉，抖里面的细沙。没有遇到兔子，树丛间倒有几只灰雀，叽叽啾啾地叫个不停。这让我想起小时候读过的课文《灰雀》，讲列宁在郊外养病，在公园的白桦林里看到几只灰雀。我不知道列宁当时什么心境，我此时的心境很美好。

许长春已经在生火了，他从灌木林里拉出一些干柴，选择一块平坦高阔的地面作为露营地。这家伙看上去还是有些露营经验的，我不知道他从哪儿搬来一些石块，围在营帐周围，然后绕着一圈石块插上荆棘。我说：“你害怕有野兽闯进来？”他说：“我想睡个安稳觉。”我说：“不知道这地方有蝎子没有。”他有些激动，说：“我去，你别扫兴。蝎子这玩意儿的毒素大家都是知道的，蜇一下就没命了，而且就蛰伏在沙漠地带。”他一边生火一边自言自语，说应该没那么倒霉。火焰子冒了起来，蹿得老高。干柴烧出来的灰，有些飘散在我头顶，热浪滚滚。我说：“你生火干什么，那么热。”他说：“我想吃点儿肉。”我说：“车里不知道还有没有。”他说：“昨晚上那老人家给的。”我说：“我怎么不知道？”他说：“让你知道你肯定不让接。”说着他站起身来朝着路边的车子走去。我见他开了后备厢，果然拖出一条羊腿来，手里还拎着一只塑料袋，是盐巴和辣椒。我说：“你早就准备好了？”他说：“出门嘛，得有打算。”我由衷感到佩服。也不知道那羊腿洗过没，只见他掏出腰间钥匙串上的小刀，就在羊腿上割开了几道口子，撒盐、撒辣椒，十分麻利。火苗子小下来了，地上剩一堆炭火。他搭了两个叉形的架子，又用铁丝把羊腿绑在一根木棍上，木棍架在叉形的架子上，只管手摇着就能烤。羊腿上的油慢慢渗出，滴在火里吱吱作响。

“听说狼的嗅觉很灵敏，方圆几十里的味道都能嗅到，不知道狼闻到这气味会不会跑过来。”我说。“大白天的，就算来了我也不怕，顺便把狼烤了。”许长春说着笑了起来，伸手去撕羊腿，没熟。等他烤好那只羊腿时已经是下午五点了，我们简单吃了顿饭。

沿着河边散步时，我建议今晚就不在这里露营了。许长春说：“不行。”我说：“万一狼真来了呢？还有蝎子。”他说：“来就来，反正领教过一次，怕啥。”说着，他掏出手机，不断拍摄周边的风景，连地上的杂草野花也不放过。我说：“出来是欣赏风景、感受边塞风貌的，你用得着像考古一样吗？”他笑了笑，“我这人做事比较认真。”我说：“你怎么不带只显微镜来？”后来，我才想起，他那天为什么走哪儿拍哪儿。我也知道，对他来说，其实我就是一个工具。说到工具，就不得不提后来遇到的钓鱼人。

六

在克里雅河岸边休息的这个晚上，我睡得挺香。早晨阳光煦暖，灰雀早早扇动翅膀在草丛间觅食。昨天许长春丢在地上的羊腿骨头还在，已经爬满蚂蚁。

我说："许长春，快起床，蚂蚁都起得比你早。"我到河边洗了把脸，水比昨天清凉。回头时，他正从帐篷里爬出来，头发蓬乱，样子邋遢。

今天，我们决定沿着达克里雅河继续前行，寻找人们淘玉的地方，看看能否遇到那个叫李禹红的人。我打开音乐，依然是梅兰芳的戏剧。许长春不喜欢，让我换，我说好。我们商量后，改放了任贤齐、周传雄的流行歌曲。

车子朝着西面行驶，扬起的灰尘弥散开来。路上时不时地能瞅见河边的小村庄，有维吾尔族巴郎（男子）拉着网在河里捕鱼，还有些光着屁股蛋子扎猛子。我说："慢点儿，一会儿错过了淘玉的地方。"事实上，我们都错了。车子行驶了很远才在一处村庄遇到几个在河边洗衣服的妇女，她们说这一带找不到玉，要河岸宽阔、河里有许多鹅卵石的地方。

我跟许长春说："显然，这一带河床虽然宽阔，但是泥沙太厚，根本没有玉，有也淘不到。"他说："那你说该去哪儿。"我说："还得往西走，或许那地方已经离民丰县城不远了。"告别了洗衣服的妇女们，我们继续前行。烈日当空，热得没法，许长春的汗珠大颗大颗地往下滚。

他说："开不动了，再遇到个村子就停下来。"我说："好，听你的。"

再次遇到村子时，已经是午后。那个村子不大，几个巴郎坐在门口打玻璃弹珠。我们把车停在路边。我找到一家小卖部，买了两桶方便面，外加几盒饼干。许长春抱怨，说再吃这玩意儿他非得吐。我说："忍忍吧，才来几天。是谁主张来的，我还没抱怨呢。"

我在小卖部要了壶热水，吃完泡面，我决定先到村里打听打听，看有人知道李禹红吗。小卖部在村庄的集中口，每天人来人往，没准儿能问得着。老板是个三十多岁的维吾尔族青年，听我说起李禹红，他像是想起了什么。我说："你见过这个人？"他说："男的吧。"我看了一眼许长春，许长春没说话。我说："嗯，男的，你继续。"他说："那人以前在我们这边的畜牧站干过，给我们提供医疗救助，讲解养殖技术。"他的这个说法和我们前晚听到的不太一样，但我不能打断他。我说："他喜欢拍照吗？"他说："喜欢，走哪儿都挂着相机。"我说："那他爱写文章吗？"他说："写文章我倒不知道，村子里识汉字的人不多，写个什么材料倒是会请他，他也好说话，谁请都答应。"我又问："那他爱读书吗？"他说："不知道，要不我带你们去畜牧站看看吧。"我说："行。"

我们跟着年轻老板进入一处院子，一小排房子，不高。院子里有宣传栏、黑板报，上面的字迹依稀可见，都是些饲养、诊治牲畜的知识。他说："这地方废弃两年了，现在村子里放牧的人少了，畜牧站就合并到其他地方去了。"我在黑板报上看到一则短讯，这个年轻老板所说的李禹红和我们所找的差了十万八千里，那则短讯的署名作者是"李宇宏"，根本就不是一个人。我问年轻老板，有李宇宏电话没。他说有的，得翻下手机。他翻了翻备忘录，说："换机子的时候忘记存了，没找到。"我说："算了，我们也就是随便问问。"我心想，就算找到了也没啥意义。

离开这个村子，我们又继续往前开。太阳西沉，我们的车子在鬼魅般的沟壑之中行驶。群山赤红，高耸如林，那还是我第一次见到这样的山，内地是没有的，以前只在关于西部地区的纪录片或者电影里看到过。置身其间，仿佛穿梭于画廊。面前是条峡谷，克里雅河从峡谷中穿流而出。许长春说："要不下去看看，这河床太宽了，到处都是鹅卵石，没准儿能淘到玉。"我看了看天色，一时间黑不了。我说："走吧，我们看看去。"

下了车，我们翻过路边的护栏，沿着一个小坡冲了下去。河风习习，凉爽舒适。许长春弯下腰，拿起手机拍摄地上的鹅卵石，又做出一副考古的样子。我说："你还真是来考古的。”他说：“我就是想看看上面的花纹。”说着，他又端着手机，对着河床拍了张长图。河床不仅宽，在霞光、丛林、水面的陪衬下还变幻出五六种颜色，紫里带红，红里镶黄，黄中透蓝，流光动影。“壮阔啊，真壮阔！”他不禁感慨道。我看了看河的上游，有个老人正端坐在一块大白石头上钓鱼。

七

那种鱼的名字很好听，叫“扁吻鱼”。按照老人的说法，这种鱼只生存于塔里木河水系。和他交流，知道他并非当地少数民族，是个陕西老兵，以前在南疆某兵团，后来在这边工作、定居。他起了好几回竿，鱼都只有一指长。我说：“这种鱼都不大吗？”他说：“挺大的，只是今天运气不好。”

钓鱼之际，他有一搭没一搭地和我聊，问我们从哪来。我说：“贵州。”他说：“来干啥？”我说：“陪朋友旅行，顺便找一个叫李禹红的人。”老人诧异，大千世界，人找人怎么找。我说：“我也不知道。这个人和我朋友的老婆同名，还在我朋友的梦中出现过多次，会写稿子，给我朋友投过稿。”

老人笑笑，说：“这种事情本以为只有小说里会有，没想到现实生活中还真存在。”我也笑笑，说：“可不是嘛。”老人看了看许长春，许长春此时离我们较远，正拿着手机东拍西拍，像是忘了要找李禹红的事。

我把年轻小卖部老板讲的事说给老人听，问他附近有没有一个叫李宇宏的畜牧师。他说，自己以前就当过畜牧师，不仅当过畜牧师，也跟人淘过玉，然后哈哈笑。我说：“不会是您吧？”他笑笑，说：“我没有在你说的那个村子工作过。”我有些郁闷了。风像是大了起来，从河谷中吹出来的，太阳翻到了山的背面。老人看看天色，说：“不早了，也该收竿了。”我说：“您家离这儿远吗？”他说：“不远，到我家坐坐吧。”我想想，说：“算了吧，下次，下次。”

我后来给人讲起这段往事时，有人问我，这老人是不是就是畜牧站的李宇宏。我说我也不知道。那天我忘记问他姓什么了，很多事情就是这样说不清道不明，偏偏我忘记问他了。当时我也想过，或许李禹红只是一个笔名。可不是吗？很多年以后，我就用夏立楠这个笔名写过稿子，甚至，还做了《云城晚报》副刊编辑，收到过更奇葩的稿件。

那天，我们沿着克里雅河一直往西面开，到达民丰县后，又途经喀什、阿克苏、库车等地，几乎绕完大半个南疆。我才感觉李禹红是一个诡异的存在。沿途许长春不断拍照，有时还弄一本笔记本，记录沿途遇到的一切，并告诉我，回去后可能要辞职。我说：“不是吧，出来一趟，把你玩儿得不理性了。”他说：“我理性得很，出来后，越发觉得世界需要我去领略。”

回到云城后，许长春果然辞职了。走的那天他丢给我一些在南疆旅途的照片，都挺不错。而我后来和我的老婆离婚了，也不知道她在打理店铺的时候怎么和别人好上的，按她的说法，已经好长一段时间了。我只会享受，没有拼劲，我们的生活方式、人生态度各种不合。离婚那天，4S 店给了她，我净身出户。

鬼使神差地，我竟去了许长春离职的报社上班。大概是他离开云城两年后的某天早晨吧，我看电视时，才知道许长春成了知名作家，所出版的某部史诗级长篇小说备受业内人士好评，销量更是洛阳纸贵。在电视专访里，主持人介绍说，许长春为了修改这部已经写好许久的作品，当初还亲赴新疆考察，记录当地人文地貌、风土人情……

有人问，当初李禹红在《云城晚报》发表的一系列异域风情的作品，会不会就是许长春自写自编的。对于这件事情我未明确回答。毕竟，在那种缺稿源缺稿费的情况下，也不无可能。他出名后，有一次我用微信试探性地问过他，但他始终未回复我。我想，或许他太忙了吧。关于李禹红，我们都没有见过。

当然了，我说这些，也有人不信，认为我在用谎言杜撰谎言。我只能一笑了之。

大宛其的春天

一

去帕提曼医生家的路上，我爸背着我，沿着米吉克那条宽阔的柏油马路走，快进塔什伊开克牧场时，又让我骑在他的肩上。他习惯性地吹着口哨，我则坐在他的肩上看身边绿莹莹的麦田，还有湍湍流淌的溪水。

几乎每周，我们都会去帕提曼医生家一趟。年初的时候，我得了一种说不上来的病，不爱吃饭，面色萎黄，个子也不见长，头发又枯又黄。

帕提曼医生在给老人们量血压，时不时地到药柜前取药，忙了好一会儿，才轮到我。照帕提曼医生说的，我掀开肚子上的衣服，她掌着听诊器在我面前听。我爸说："帕提曼医师，我儿子的情况怎样？"帕提曼笑笑说："比以前好些，你看，脸色更光鲜了。”帕提曼医生是个老太太，不管啥时候见她，都盘着头发，爱笑，穿白大褂。

“给他开了点儿钙片，记得按时吃。还有，不要受凉，坚持敷盐巴。”“好的。”我爸接过药，谢过帕提曼医生。我们又顺着塔什伊开克牧场边的羊肠小路往回走，远处的山峦一直绵延到米吉克煤矿。出了牧场，就是柏油马路了。

我爸在米吉克煤矿干活儿，三班倒，白天不干活儿的时候就会带我来看医生。我妈没工作，光照顾我就挺累，还要洗衣服做饭。

在米吉克煤矿，我没什么玩伴。怎么说呢，煤矿上小孩少，人流多，我们家就住在马路边上，车流量大，常常灰尘遍布。路坎的下方是喀普斯朗河支流，河对岸便是我爸干活儿的煤矿。很多时候，我都独自坐在门口的板凳上玩儿，我妈叮嘱我不要乱跑，怕出事。我这病就是闹出来的。早先时候，矿上还有几个小孩，他们坐滑轮车，我跟着坐，跌倒后就不知怎的生了病，不怎么爱吃饭，也壮不起来。

回到家时，我妈正在洗衣服。“哥哥嫂嫂们才走，来道别的，要去库尔勒了。”我妈嘴中的哥哥，是我的大伯，那个四十多岁的人，是我们整个家族的骄傲。从内地到新疆，从一个没有鞋穿的小孩到英姿挺拔的军人，大伯在阿克苏兵团待过几年，转业后，分配到铁热克镇的火电厂工作。他文化不高，给厂长开车，但有编制。

很多时候，伯父和伯娘会开着一辆红色轿车到我们家，后备厢里装满各种吃食，有些是炸的面疙瘩，还有些是新鲜的蔬菜，如大白菜、芹菜、大葱等。当然，还有菜油、米、衣服。我的堂哥比我年长许多，马上读高中了，为了给堂哥寻找教学条件好的学校，伯父决定搬去库尔勒。

“没交代什么吗？”我爸问。“没有，说到了库尔勒，安定下来后再联络，他们可能会去客运站工作。要是去客运站的话，效益会比火电厂差。可能会这样吧，不过都是为了孩子。”我妈把脏衣服堆在小椅子上，往大盆里倒热水。我爸的衣服比我的还脏，全是煤灰，丢进盆里后，水都染成了黑灰色。

“帕提曼医生上次来我们家，建议我们搬去别的地方。”母亲蹲下，一边搓着衣服一边说道。“今天去卫生院的时候，没有听她说呢。”我爸说，“估计人多，她忘记了这茬子事。她上次来怎么讲的？”“说是煤矿上空气不好，对小夏成长不好，可以的话，换个工作，她可以帮我们问问。”“要是那样的话，岂不是很麻烦她？”我爸在一边给自己倒水，“我们麻烦别人的事还少吗？上次她开给小夏的药都没收钱。”“那不行，这事你没给我讲过，我们不差这点儿钱，治病花钱是天经地义的事。”“你一天都在忙，哪有空儿给你讲？” “下回我带小夏去卫生院，得把钱给她补上……”

仲夏的时候，米吉克煤矿变得漂亮些了，喀普斯朗河支流两岸的柳树绿莹莹的，每天总能看见人们蹚过河流，去柳树林里采蘑菇，或者捉溪里的鱼。我同往常一样，起床后的第一件事，就是找来盐巴，撒在炉子里，再用手撑起一块毛巾，接炉子上的热气，接过后，再把热毛巾敷在肚皮上。这些，我妈之前教过我，现在我已经能独立完成。

敷完热毛巾，我就得吃钙片以及其他药物。无聊时，我常常趴在后窗上，看不远处的农庄。家后面的沙柳林里热闹非凡，这种专门长在沙地里的灌木不怎么高，看着却有喜感，从后面农庄走来的母鸡，正优哉游哉地领着一群小鸡觅食。

帕提曼医生就是在那个时候再次来到我家的，她穿着白大褂，挎着药箱，一到门口就问我的病情。我妈招呼她进屋，倒水，她凑到我身边来，按照惯例给我做检查。帕提曼医生说：“身体比以前好，按照西医的说法就是缺营养，比如锌和钙，按照中医的说法叫脾虚。”我妈说：“不是大病吧？”帕提曼医生说：“不算病，但是孩子要长身体，长期不爱吃饭，面黄肌瘦，那肯定不行。”她还说她在大宛其牧场有个哥哥叫艾买提，在那里养奶牛，可以的话，我们去那边包片草场，单送牛奶也比干煤矿强，环境也不错，对我成长有益。听了帕提曼医生的话，我妈有些动心，觉得可以离开米吉克煤矿了。

二

大宛其牧场的夏夜，似乎更凉爽些。到达大宛其牧场的那个晚上，我们在艾买提伯伯家住下，风从门口的草场上吹来，院子里坐着两家人。在铺开的毯子上，我们吃着艾买提的羊缸子端来的馕。她热情大方，一边招待我们，一边进屋做拉条子。

我妈帮着做菜，削土豆、剥皮牙子、洗菜。艾买提的羊缸子揉面，揉好的面放在瓷盆里，浇上少许清油，再切开，分成块状，两手抻开面，熟练地抽拉、甩打。这样重复几次后，面被抽成细拇指般粗。

我们都爱吃这个，艾买提的羊缸子端来一盘盘热喷喷的拉条子时，艾买提让我们不要客气。吃拉条子的间隙，艾买提和我爸聊到以后的打算，说我们先住下，过些天，就在他家旁边搭一栋木屋，修两间牛舍，到时候一起养奶牛。

那些日子，我目睹了艾买提一家的日常。艾买提的羊缸子能干，白天喂牛，早晨天不亮就起来挤奶，新鲜的牛奶装进瓶子里，艾买提把瓶子提上驴车，天不亮就赶着驴车把奶送到集市。牛奶多的时候，艾买提的羊缸子就找来一口大锅，把牛奶倒进锅里，烧开，再放到通风的地方吹凉，这样发酵后的牛奶，就成了酸奶子。

风和日丽时，艾买提的羊缸子会把酸奶子盛在大碗里，用圆形的木盖盖住，摆在柏油路边卖，过往的人喜欢吃这个，冰凉，爽口。艾买提送完奶，会干些农场常做的活儿，譬如开拖拉机运东西，我们家的木材就是他运的。

艾买提坐在红色的拖拉机上，嗒嗒嗒的，他向我爸招手，“买格赖（过来），买格赖。”我爸拎着一只斧头，朝艾买提的拖拉机跑去，上了拖拉机，他们就沿着乡间的土路开，摇摇晃晃，一直摇到河对岸的柳树林。那是木扎尔特河，发源于新疆天山南麓，仲夏的时候，河两岸的杨树和柳树会形成大片绿荫。本来不是伐木的时节，木质疏松，但为了修房，也没有法子。说是柳树林，其实树木都不怎么挺直，也不粗壮，用来做些边角料可以，用来做修房的主材却不行，得去周边的木材场拉。我没有去过，只听说木材场上到处是解好的木板，各种宽度都有，码得整整齐齐，任你选。

我爸和艾买提修房子，艾买提在下面递木板，我爸在上面钉钉子。锤子不停敲着，嘎当嘎当的，有时候还要解下板子，锯子锯上去，嘎吱嘎吱响。我爱在木材边捡东西，我爸不许，会吼两声，小孩子家一边去，一会儿掉下木板或者踩到钉子，看不疼死你。

艾买提爱抽烟，锯一会儿木板抽一会儿烟。他抽的烟和我爸的不一样，我爸抽纸烟，盒装的，牧场边的小卖部有卖。艾买提抽的烟，烟呈颗粒状，蛮硬，随身装在一只小铁盒里，想抽的时候，就斜着铁盒嘴，往折成均匀条状的报纸上倒，然后把烟粒摊匀，把报纸叠成圆柱状，点上就能抽了。

艾买提不爱用打火机，喜欢用火柴。那几天不知道从哪里找来一只放大镜，没事的时候就拿着瞄远处，说要是再加一块，没准儿能做成望远镜。我们都想再找一块，但找不到。中午太阳大，艾买提不用火柴，只需要把放大镜撑起，透过太阳光，就能慢慢让一支卷好的烟燃起来。

抽了烟，艾买提又继续干活儿。他们干活儿的间隙，我妈就帮着艾买提的羊缸子喂牛、做饭，有时候会抬衣服到河边洗。我喜欢坐在河边，把脚伸进河水里，或者捡河里的鹅卵石。那条经天山流下来的木扎尔特河，哪怕是夏天，水也透着刺骨的寒。河道宽阔，鹅卵石里，有时候会隐藏着半透明的石头，分不清是不是玉。各种各样的石头被我捡回来，摆在院子的葡萄架下。在葡萄架下，我还养了一缸鱼，都是木扎尔特河里的冷水鱼。没事的时候，我就喜欢观察它们，比如揪点儿馒头，或者丢半条蚯蚓进去，看它们为争食打闹，在缸里游来窜去。

木屋修好的那天，阳光特别明媚。我爸站在屋顶上，叉着腰，欣赏眼前的风景。褐色的山、裸露的沙石，还有很多看不清的矮生植物。山脚下，是大片的柳树林，一眼望去，沿着河流蔓延至远方，无穷无尽的感觉。“买两头牛吧。”艾买提说。我爸说：“好呢，不过不懂识别牛的好坏啊。”艾买提说：“改天我带你去巴扎（集市）上选选。”我爸没说话，他点燃一支烟，边抽烟边望着远方。我知道，我爸是手头紧，没买牛的钱。艾买提看出我爸的难处，说：“既然到了这里就是我的客人，钱不够的话，我可以帮着先垫付，等你赚了钱，再还我也不迟。”我爸说：“那怎么行。”艾买提说：“怎么不行，我说行就行。”

三

艾买提赶着驴车，我和我爸坐在车上，我们沿着牧场旁的柏油路行驶，艾买提带我们去大宛其的巴扎上看牛。风景很美，路两边的白杨树绿油油的，叶片在风中摇曳，泛着光，星星点点。

驴子咯噔咯噔地踩在路上，艾买提拎着鞭子，不时抽一下调整驴车方向。他一边掌驾，一边聊天。“你们来得要是早点儿，就能看到大宛其牧场的忙碌景象，人们会把家里的羊粪、牛粪运到地里，然后拖拉机在地里来回犁，褐色的土壤翻滚着，哗啦哗啦的。”艾买提说他最喜欢看土壤翻滚的样子，有时候还能在地上翻出隔年的马铃薯，已经熟透了的，削掉皮就能吃，像水果一样，那叫一个甘甜。

我爸说：“你也种地？”艾买提说：“种了点儿，不多，夏天可以吃点儿西瓜，还有玉米。”我爸说：“要是明年还有多余的地，我也想租点儿来种。”艾买提说：“那没问题。”

巴扎很热闹，人来人往，喧嚣声此起彼伏，路两边是各种摊子。很多维吾尔族大叔坐在一张小板凳上，面前是一袋袋干果，卖核桃的、卖葡萄干的、卖沙枣的，都有。我挨个儿看，还有人卖毯子、卖衣服、卖帽子、卖瓶子、卖罐子。

艾买提在巴扎上找到一块空地，他把驴车拴了起来，跟我爸说：“你们才来，生活用品需要买一些，但不必全买，有些东西家里有，可以一起用，能省一点儿是一点儿。”我和我爸买了些粮油，还买了点儿洗衣粉，买肥皂的时候，艾买提说他给我们介绍。那是一种坨形的肥皂，馒头状，一个一个码在摊位上。我爸说："这肥皂经用？"艾买提说："当然经用，我羊缸子都是用这个洗。"我们挑了些肥皂，艾买提说他得去称点儿烟。我跟着他去。烟也是摆在地上，像一座座小尖山，艾买提抓一把，蹭在鼻子跟前闻。我不太懂。他说这种颜色黄，硬，质量就好。然后给摊贩老板说："给我来一公斤。"摆摊的老板拿出杆秤，照着量给他称。

买完日用品，我们把东西绑在驴车上。艾买提带着我爸去逛牛马市场，说是看看奶牛，让我在驴车上等他们。我坐了好一会儿，不见他们回来，有些好奇，想跟着去看看，就溜了过去。

我爸跟着艾买提在牛马市场上转，寻来寻去，相中了一头奶牛。牛挺瘦，站在那里哞哞地叫，不时弯下头，啃食地上的青草。艾买提说："这牛咋卖？"卖牛的人比了比指头，示意金额数量。艾买提说："我得好好瞧瞧。"然后艾买提凑到牛跟前，掰开牛的上唇，看了下右边牙齿，又看了下左边牙齿，也比了比手势，说："这个数成不？"卖牛的人有些迟疑。我爸摸出烟，递给艾买提和卖牛的人各一支。艾买提说："你这牛太瘦了，你看看市场上壮的牛多着呢。"艾买提这么一说，卖主也环视了下其他牛。卖主把右手别进右边衣服下摆，说再商量商量。艾买提伸出右手，两人的手全挡在卖主的衣服下摆后面，我还是第一次见这样商量价钱的。

半晌，艾买提说："成不，这个数成不？"那人犹豫了片刻，说："成，成吧。"就给应了下来。于是，我爸和艾买提又转悠了会儿，又买了一头奶牛。

夕阳的余晖洒在柏油路上，我爸牵着牛，身影拉得老长。艾买提赶着驴车，咯噔咯噔地响。我爸说："谢谢你，艾买提。"艾买提说："不客气。"我爸说："你要是忙，先赶着驴车回去。"艾买提说："我不忙，家里有羊缸子呢。"我爸抑制不住好奇心，问艾买提："市场上壮的牛多了，咋挑了两头瘦的买？"艾买提笑了笑，说："你瞅见没有，卖牛给我们的两个人，衣服脏兮兮的，一看就是懒惰的那种。不是牛不吃东西，是牛没喂好。我看了看牛的牙齿，刚好两岁，只要牵回去好好喂，保证长得胖胖圆圆的，给你产很多很多奶子。"艾买提的汉语说得一般，有些词表达不准确，就会边说边打手势，把我和我爸逗乐。

牛好像对新环境不太习惯，关进牛舍后东张西望，我爸倒了玉米粉和草料在槽里，也不怎么见它吃。艾买提说："啥事都得适应，你来新疆不也得适应？以前有人来我这儿，适应不了，觉得苦，待段时间就走了。"我爸说："我出身就在农村，能适应。"艾买提说："今晚整点儿酒。"我爸说："行。"在我爸的吩咐下，我去小卖部买了酒。

四

雨水不知道是什么时候开始多起来的，大宛其牧场的夏天越发显得葱郁。从门口的草场回来，裤子和鞋子总是湿漉漉的。其中一头奶牛产奶了，那些天，我妈起得早，天不亮就打开牛舍的灯，蹲在奶牛旁边挤奶，挤好的奶装在铁桶里，我爸用盖子盖好，提出去，绑在自行车的一侧。

这样的一个早晨，我爸会骑着车穿梭在柏油路上，他得把新鲜的牛奶送到周边的集镇，那里有客户订奶。我则在周边的草场上闲逛，拎着一根木棍当剑使，把草场上的草木当成敌人，幻想着自己是个白衣剑客。此时的大宛其牧场，草长莺飞，苜蓿地里开满蒲公英与鸢尾花，沟渠里湍湍流淌着无穷无尽的溪水。我常常找来玻璃瓶，蹲在溪边捞小鱼，那些鱼细小，被我用手摊进瓶子里，游来游去。

某天午后，我像往常一样行走在苜蓿地上，远处的柏油路边有人向我挥手，我转过头，那人一身绿装，像在喊什么话。我的身边全是嗡嗡作响的蜜蜂，它们萦绕不断，弄得我都听不清那人在喊什么，看他的样子，像是准备骑车来牧场，又碍于路面的坑洼。于是，我迎面跑了过去。

“是你们家的信。”来人是个邮差，他从右侧的袋子里摸出一封信，问我：“没大人在家吗？”我说：“我爸出去了，我妈在河边洗衣服。”他说：“得签个字。”我说：“我去叫我妈来吧。”他想了想，说：“算了吧，允许我代签吗？”我说行。他拿着信，照着上面的收件人姓名写了几笔，递给我，让我拿好。我问这是哪里寄来的，他说库尔勒。

我爸回来的时候，天已经黑了。他拆开信，我妈坐在床沿上，我们听着他念信。大体意思是大伯他们到了库尔勒后生活还算凑合，只是大伯心热，作为开车多年的老司机，客运站里有人车坏了，他主动躺进车底帮人修车，结果运气不好，千斤顶顶滑了，车子的压包嗖地往下坠，刮到了他的头，所幸没生命危险，现在躺在医院里，左耳也刮掉了半边。

读到这儿，我爸面色凝重。我妈说：“是嫂子写的信吧？”“嗯。”“那你得去看看。”我爸说：“牛奶怎么办？我不在，没人送。”我妈说：“骑车的事简单，我能学，再说了，开始这几天，卖不了我就做成酸奶子。”我爸说：“关键是有些客户收不到奶，对我们评价会不好。”我妈说：“你别操心那么多了，去吧，人要紧。”

想起大伯躺在医院里，我就无法入睡。夜晚，我观察着天上的繁星，它们静静地散布在天空。我想起四岁那年，我们才搬到米吉克煤矿没多久，那时候大伯每周会来看我们一次。那年冬天，米吉克下了很大的雪，整个天地白茫茫一片，他带着我们去戈壁滩上捉呱呱鸡。那是一种全身灰色的野鸡，一群一群地出没，吃五谷，也吃沙子，叫声呱呱呱的。

我们带上玉米面，在雪地里循呱呱鸡的足迹，用细钓鱼线做成活套绑在戈壁滩上的矮生植物根部，那些地方往往是呱呱鸡的必经之道。这样，人回到车内，等上几个钟头，再去下套的地方，就能捡到好多呱呱鸡。回到家，晚饭定是美味的一餐。我妈会把捉来的呱呱鸡料理掉，或红烧，或清炖，吃不完的，就风干在屋檐下。彼时，全家人坐在炕上，大伯喜欢就着小酒和父亲聊在内地的旧事……

我爸去库尔勒后，我妈推出自行车来学，她让我在后面看着她，要是她快倒了，我就上前扶一把。为了保险起见，我们没有把车推到柏油路上，而是在草地上试骑。或许是我力气太小，或许是草地上不好练车，我妈摔了几次，我都没扶成。

艾买提的羊缸子在割草，看到了，忍不住笑了起来。从外面干活儿回来的艾买提说，车不用学了，他帮我们送。我妈说："那怎么好意思。"艾买提说："没啥不好意思的，互相帮助。"

就这样，艾买提成了我们家的送奶工，他做起事来十分稳妥。那些天，我妈起得比往常早，挤好的牛奶装进铁桶。艾买提在出发前，会先把我叫醒："嘿，小巴郎（小男孩），该起床了，卖牛奶去。”他不会骑自行车，我们就赶着驴车到巴扎，他挨家挨户送奶，我则坐在驴车上等他。

为了表示对艾买提家的感谢，在艾买提的羊缸子赶着牛去柳树林放的时候，我妈就会帮她洗衣服。衣服装进木盆，端到木扎尔特河边。我喜欢坐在河边看我妈洗衣服，她总是能在大河分流出的溪水边找到合适的位置，坐在又圆又滑的大鹅卵石上，一边打着肥皂，一边搓洗着衣服。

洗好的衣服、床单，会被晾晒在河边的刺笼上。那些刺笼开白色的小花，结红色的小果，皮薄肉少，咬一口，微甜，里面是些细小的黄色种子。艾买提的羊缸子放牛回来，总喜欢摘这种果子，在河边洗净、晾干，放进坛子里泡酒，说是能使酒的味道更加甘冽。

艾买提爱喝酒，喝完酒就躺在苜蓿地里睡觉，有时候一两个钟头，鼾声不断，他嘴角两边的卷胡须被吹得一上一下。我和他一起躺在苜蓿地里，苜蓿花开得繁盛，蓝色的小花，密密麻麻的，一望无垠。艾买提说：“过几天，你就会看到有养蜂的人来了。”我说：“养蜂的人来这里干吗？”他说：“来这里养蜜蜂，苜蓿花开得正好，春天的时候，这里还有其他花，那时候也有养蜂人。”我说：“他们都是哪里来的？”艾买提说：“他们有四川的，也有甘肃的，会开一辆大卡车，里面装有很多蜂箱。”我突然对养蜂人充满兴趣。

在我爸回来的前几天，牧场上果然来了几个养蜂人。他们把车停在远处的柏油路边，然后沿着土路徒步走到我们的住处，艾买提正在磨刀。来人说：“老伙计，好久不见。”艾买提说：“亚克西（好），还好吧伙计？”来人说：“好，正准备在你这儿养蜂。”艾买提说：“随时欢迎。”

夜幕快降下来，养蜂人在远处扎起帐篷，在露天处搭起柴火，点燃，柴火上吊着一只铁架，铁架上挂着一口锅，锅里熬着稀饭。我妈把晾晒在窗台上的酸奶球收起来，让我端一些给他们。我用篮子装好，拎到他们跟前。他们一共三个人，年老的两人是夫妻，年少的是个女孩，十八九岁的样子。

我说：“阿姨，我妈让我给你们的。”年长的叔叔喊我吃饭，我说不了。他们除了稀饭，还炒了菜，是土豆焖咸鱼，看起来像是南方吃食。我对他们说，草地里的苜蓿也可以吃。他们笑了笑，说他们明天就打算吃凉拌苜蓿。

五

用我爸的话说，艾买提最近怎么了，总是忙着砍柴，每天早早出门，进了柳树林中午才回来，每次都扛不少柴。艾买提说，那不是柴，是木料，别看不怎么粗，冬天却用得着。

那些砍来的木棒堆在木屋的旁边，堆得快有半层房子高的时候，秋天就来了。仿佛一夜之间，整个牧场都变了样，河流同往常一样，静谧地横亘在眼前，如同蓝丝带般。柳树林不再葱郁，绿黄相间，仿若油画。屋后的杨树叶子纷纷掉落，时不时地，能看见人们开着拖拉机驶进麦地，他们拿着镰刀，把麦子割成一垛一垛的，全部装进拖拉机。

母亲渐渐意识到河水比以前冰冷，她不再去河边洗衣服，而是在家烧几盆热水，冷热参半着洗。养蜂人的离开也成了必然，他们在一个中午和我们聚餐，留下联系方式和两桶以表感谢之情的蜂蜜，然后在傍晚收拾家什，装箱上车。

不知怎的，养蜂人发现很多蜜蜂没有归来。艾买提执意要帮养蜂人探寻蜜蜂的踪迹。顶着星空，我爸从家中拿来电筒，我们走过空旷的麦地，摇响拖拉机，一路开进木扎尔特河对岸的柳树林。在树林底下，电筒光照见了散布在地上的蜜蜂尸体，它们怎么会在这里？我们不明所以。按照养蜂叔叔的说法，这不是好的预兆，蜜蜂会迷路，但离奇地死亡，可能预示着将有什么自然灾害发生。艾买提笑了笑，说他活了快六十岁，见过地震，见过水灾，见过旱灾，什么没见过，他什么也不怕。

养蜂人走后，秋风越来越烈，苜蓿地已经不见长势，到了该收割的时令，枯黄的草漫无边际。艾买提和父亲每天送完奶，就会拖着铡刀、开着拖拉机，在周边的草场上割草。他们把割好的草堆放在车里，有些则用铡刀铡均匀，塞满一个个麻布口袋，所有的麻布口袋都堆放在木屋的前后。用艾买提的话说，既能挡住冬季里的风雪，又能让木屋里的温度不那么低，还可备不时之需。

随着天气的转变，气温越来越低，奶牛的产奶量也降了下来。我爸开始为整个冬天的收入发愁。

我爸说："艾买提，这牛产奶量低，有啥法子改善？"艾买提说："要想催奶，倒是有法子，给你的奶牛喂些海带，多加盐，不过牛和人一样，也有休养的时候，你们汉族的中医里不是讲'秋收冬藏'嘛，冬天万物休养生息，奶牛也需要储备营养，不然来年怎么产奶？"我爸点燃一支烟，笑了笑说："受教了，你懂得真多。"艾买提说："我吃的盐可不少，比你走的桥多。"我爸说："那肯定了，是你走过的桥比我吃的盐还多。"

艾买提的羊缸子说："奶牛的奶都让你巴郎子喝了，看吧，他来这里长了不少。"被她这么一说，我才发现自己确实比以前高了。为了验证这个说法，我还专门跑到门边量了量，可我忘记了来时自己有多高。我妈说："是你们的奶养人。”艾买提说：“大宛其牧场的水土好。”我爸说：“也感谢帕提曼医生，很久没见到她了，啥时候回趟米吉克。”

好景不长，没等我爸带我回米吉克，大宛其牧场就出了事。那天夜里，我们已经睡下了，初冬的大宛其牧场还是有些冷，雪早早就落了下来。牧羊犬在夜里吠叫，北风肆虐地刮着，屋前屋后有东西垮掉。

……

“快开门，快开门啊！”我爸开了门，风使劲往屋子里灌。艾买提手里的电筒不怎么亮，为了避免风继续吹进来，他急忙把门关上，用后背抵住。“这风太大了，牛不见了。”“啊，牛怎么不见了？”我爸一边穿衣服，一边说着。“牛舍让风给吹塌了，牛不知道去哪里了，都怪我，早知道应该把砍来的木棒堆在牛舍上。”“说这些也没用啊，我们现在出去找吧。”我爸穿好鞋，披上衣服，急急忙忙在屋里找电筒。

我从床上坐起来，不知道该干什么。我爸说：“快睡觉，我和艾买提伯伯出去一趟，一会儿就回来。”门被我爸带上了。整个晚上，我都无法入睡。我妈也是，在我爸走后就起了床，我去拉电灯开关，电断了，屋里漆黑一片。

外面的风还在呼呼地吹，狗声不见了，或许是跟着他们去找牛了吧。雪似乎越下越大，早上天露出曙光时，我急忙推开门，艾买提的羊缸子已经穿上马靴，喊我妈和她去找牛，去找我爸他们，让我在屋里等着，哪儿也不许去。

旷野里白茫茫一片，阳光微弱，风似乎没有要停的意思。雪越下越大，越飘越多，我看见她们深一脚浅一脚地踩在雪地里，足迹渐渐被新雪覆盖。我在心里祈祷，希望他们能找到牛，希望他们能平安回来。我还没有见过大宛其牧场的春天呢。艾买提不是说，春天的时候，这里比秋天还美丽嘛，会开很多花，会有很多蜜蜂，它们嗡嗡嗡地，萦绕不断。

春　河

一

西伯利亚的冷空气笼罩了足足五个月，喀普斯朗河的河床结了一米多高的冰。我站在河床上，搓着手，看着父亲用一把十字镐打凿着河床，河床上冰花四溅。父亲终究没有成功，他凿出一个个孔子，把电筒伸进一个个冰窟窿里，我以为真的会有鱼游过来，事实上我们都错了。

库尔班老人是从河对面的村庄出来的，他赶着一群羊。我真不明白，这样冷的天气，周遭遍布大雪，山上能有什么草给羊吃。他骑着一匹枣红马，优哉游哉地走过来，跟在他身后的牧羊犬欢腾着，像是在为今天可能会猎到一只野兔而激动着。

“你这样是捞不到鱼的！”库尔班老人在枣红马的屁股

上抽了一鞭子，啪，马朝着我们的方向跑着蹄子。

“为什么？”父亲抬头看了看他。

“喀普斯朗河里的鱼太小，冬天都躲在石头缝里，懒得出来。”他笑了笑，“你等来年春天再来吧，到时候我保证你满载而归。”

父亲嗫嚅着双唇，想说什么的，始终没有说。库尔班老人又在马屁股上甩了一鞭子，马和羊群都朝着西面缓缓走去。

回到家，父亲推开院门，把手中的十字镐和渔网放在鸡圈上。我们褪掉了手中的手套，钻进屋里。

母亲依然躺在右边那间不起眼的屋子里，我撩开她的门帘，她显然没有察觉到我的脚步声。为了让母亲的病能早日康复，父亲几乎花掉了所有积蓄。

就在年后的这几日，母亲突然说自己想吃河鱼了。

河鱼是喀普斯朗河里的鱼，没有专人喂养，也没有吃鱼饲料。每年春末夏初，天山上的雪得了阳光，暖气流动，雪水就化开了，流进喀普斯朗河里，河水融开冰床，欢腾地往下游流去，穿梭在一朵朵浪花间的就是河鱼了。

母亲的额头上敷着一块毛巾，这个冬天她都是这样度过的。这已经是她生病的第八个月了，身体每况愈下。我用手轻轻抚了抚她的毛巾，额头上的汗水已经将毛巾濡湿，我决定给她换块新的。

我听到了父亲敲击煤块的声音。冬天很冷，烧在屋子里的炉子如果煤炭供应不上，那么暖墙就不会有热气，屋子里也不会暖和。

母亲是在我为她敷毛巾的时候醒来的，她的眼角起了褶皱，眼皮耷拉着。

她说："楠，你们都回来了？"

我说："是的，可是爸爸没有凿到鱼。"

母亲握着我的手，看了看墙上的那些挂历。挂历是1997年的，本来是厚厚的一大本，是香港回归祖国的纪念性挂历，每个月附有一幅画，总共十二幅。分别是香港的夜景、外景等照片，很美。

父亲把挂历分散开来，贴在墙上，这样屋子里就添了不少喜气。

母亲说："弟弟呢？"

我说："出去玩儿了。"

自从母亲去年秋天遭遇那次突然性的晕厥，她的病况就陷入了一种不良状态。除夕前几天，有位阿姨来看她。两个人聊着聊着，母亲就哭了。阿姨要回湖南了，母亲想起了老家，她说自己已经六年没有回过内地了，不晓得外公外婆身体如何。阿姨说，你现在得好好养病，病好了就可以回去了。

母亲一定是感觉世事浮沉，这位阿姨的告别预示着她们以后再也不会相见。

不是吗？以前母亲的朋友和她道别，最后总是会失去联系。

弟弟走进屋子，父亲对他很不满意，问他这个早上跑去了哪里。我走出母亲屋子时，弟弟正背着手，往屁股兜里塞一小盒擦炮。弟弟低着头没有说话，父亲严厉地说："还不进屋做作业。"

"大过年的，你别吼他。"母亲的声音从内屋传来。

父亲说："你想吃点儿什么？"

母亲说："随便吧，下午还得去看赵医生呢！"

父亲说："那我做带鱼吧……"

二

父亲送母亲出门后，我和弟弟在屋里做作业。他从屁股兜里摸出那一小盒擦炮，我说："你花多少钱买的？"

他说："一块钱。"

我心里不悦，尽管一块钱不多，但是这个节骨眼上，家里已经很困难了。就在我们做作业之际，有人敲院门，砰砰砰的。我放下作业，朝屋外走去。

开了院门，站在门口的是克里木叔叔。克里木叔叔戴着帽子，胡子拉碴的，嘴里习惯地叼着他的烟。

“嘿，小巴郎，你大大在家吗？”

“没有，出去了。”

“哦……要是他来，你给他说我找他有事。”

“好的，克里木叔叔。”

其实我不知道他姓什么，只知道所有人都喊他克里木。年前的秋天，爸爸和几个叔叔给他修过一次羊圈。我们的住所怎么说呢，是汉族人和维吾尔族人的交界处。那天晚上，克里木叔叔很热情，他吩咐他的羊缸子做了一顿很好吃的拉条子，我们坐在一张毛毯上边吃边聊，毯子就摆放在他家的葡萄藤下。

送别了克里木叔叔，我又进屋继续和弟弟做作业。八点过了，还不见爸妈回来，我决定把早上没吃完的饭菜热一热。和弟弟简单吃过晚饭后，我怕父母需要洗脚什么的，就打了一壶水烧着。九点过的时候，传来了开院门的声音。

是爸妈回来了。

父亲用自行车载着母亲，母亲的头发盖着棉帽，这个冬天，她的身体越发虚弱。

母亲是父亲搀着进的门，母亲说：“楠，你帮我打盆热水吧。”我从门口找来盆子，提起炉子上的水壶往盆里倒水，又掺了点儿冷水在里面，伸手调了调。

我给母亲找来一张小板凳，母亲挽起裤脚，自己把脚伸了进去。

“听赵医师这么讲，我是不能吃水果了。”

“是啊！”父亲站在一旁，弟弟也从内屋走了出来。

“我的两个儿。”母亲伸手揽我的头，同时示意弟弟到她怀里。

“你不用太担心了，现在医术那么高，就算工资低，只要有机会，我都会把你看好的。”

母亲叹了一口气，这口气和前些日子叹的一样。有阿姨来看她，她向别人讲自己的病状。躺在床上，她感觉天旋地转，早上起来本来要送弟弟上学的，结果才站起来，就晕倒了。弟弟跑了出去，朝着父亲的工作车间跑。父亲回来后，母亲仍然昏迷不醒。父亲用自行车把母亲载去医院，在一间不大的诊所里，母亲呕吐不止，整整换了两个盆，里面全是吐出来的血。医生说，母亲是煤气中毒，父亲不信，这才转院，查出病症。

母亲的脚洗好了，她说自己不想吃饭，想睡觉。父亲决定给她熬点儿粥。熬粥的时候，我告诉父亲，克里木叔叔今天来找过他，父亲沉默了片刻，说知道了。

父亲让弟弟照顾母亲喝粥，然后让我把炉子封了，他去过克里木叔叔那儿就回来。

走的时候，母亲说：“你就给他讲，看能不能缓缓，如果不行的话，也不要耽误人家，他可以找别人看看。”

三

克里木叔叔有一栋房子，这栋房子的正面朝着喀普斯朗河，屋子前后种满杨树柳树。春天的时候，屋子被草地包围，有牧民在草地上放羊。这是这栋房子的优势，也是父亲想买下它的理由。在母亲没有生病的时候，我曾听到他们的聊天。

“孩子大了，我们总不能一直挤在这栋租来的房子里。”

“是的，这里很快就要拆了！”

父亲从克里木叔叔家回来时，沉默不语。

我说：“爸爸，克里木叔叔不同意吗？”

父亲说：“嗯，毕竟他也需要钱，我再想想别的办法。”

三月中旬的时候，父亲还是没有想出更好的办法。春风来了，喀普斯朗河的冰开始消融，像往年一样，水依然清澈无比。克里木叔叔的房子周边再次长满绿草，柳絮纷飞。

我在小溪边洗鞋，看到有人住进克里木叔叔的那栋房子。

那天，克里木叔叔帮着他们搬箱子，还清理了堆放在院墙下的麦垛。

我跑回家，告诉父亲，克里木叔叔的房子住进了人。

父亲说："正常的，他等不了我们。"

母亲在吃过赵医师开的药后，气色像春花一样，渐渐地舒展开来。

父亲说："房子的事情先搁着，你妈的病多亏了赵医师，要不是他，可能现在还不知道走多少弯路。"

母亲说："看怎么感谢人家。"

父亲说："我打算买点儿羊肉送去。"

母亲说："库尔班老人的可能会便宜些，你可以去那里买。"

父亲听了母亲的话，晚上带着我去了库尔班老人家。库尔班正在用喷火器烧一只羊头，他家还没吃晚饭。

"库尔班大叔，我想买两腿你的羊肉。"

"哦，你该早点儿来的，早上杀了一头，要买的话，后天才能再杀了。"

"是买给孩子补补的吗？"库尔班停了停手中的喷火器，目光从我的身上扫过。

父亲从衣兜里摸出一包烟，递给库尔班。库尔班把羊头放下，在裤兜里摸打火机。父亲见状，给他点上。

“不是，我买来送人的，所以你看可以便宜点儿不？”

“你羊缸子的病好些了没？”

“好多了。”

“该给他们补补的。外面买一公斤四十，我给你三十吧，后天早上来，我挑最好的给你。”

“好的，不过我还有事情拜托你。”

“什么？”

“可以帮我物色一栋房子吗？我们住的地方要拆了，想物色个房子，最好宽敞点儿的。”

“这个没问题，找到了我给你讲。”

从库尔班老人家出来后，我问父亲，为什么我们住的地方要拆呢。父亲说，那里快要被拆来搞绿化了，据说会种上大片大片的杨树。他这样讲，我没有怀疑，此前我们已经住过很多地方了。

有一次搬家，母亲和父亲吵架。那是在三年前吧，我们才刚刚搬到那里，只住了三天，就有人来说那个片区也要拆了，让我们赶紧走。母亲埋怨，说没有一个固定的住所。

父亲只是点起烟，若有所思地沉默。加上我和弟弟一直没有当地户口，上学总是要花高价，这不是长久的事情。父亲在心里谋划着，早点儿有一栋自己的房子，不管遮风避雨还是长久居住，都会比现在好很多。

不料，没多久，母亲就生病了。

四

赵医师家比我想象中的要好很多。他家住在喀普斯朗河边上的一个小区里，走进那片看起来较为豪华的住宅区，我就像个没见过世面的小孩，东瞅西望。在没有到达赵医师家时，父亲嘱咐我到了别人家要有礼貌，懂得喊叔叔阿姨，还有，不要像现在一样东张西望。

我站在父亲的身后，他按了门铃，开门的是一个阿姨。不用想我也知道那是赵医师的夫人。

阿姨开门让我们进去，我照着父亲的样子换了鞋子。

父亲说："也没有好的东西，带了点儿羊肉过来，感谢赵医师了。"

阿姨说："来就来了吧，还买什么东西呢！"

她说话时，父亲把装在蛇皮口袋里的羊肉递了过去，她朝厨房提去，并喊我们坐下。我和父亲都坐了下来，稍微环视了下屋子，总觉得不习惯。她从屋里走出来，端来两杯茶："你们坐会儿，赵医师出去了，一会儿就回来。"

在她家屋里待了半晌，依然不见赵医师来，父亲就跟阿姨说下次再来，赵医师忙，先不打扰了。

我和父亲是走着回去的。路上，我心里有些不悦。那块羊肉花了几百块钱买的，买来的时候，父亲一直挂得挺高，我和弟弟都够不着，起先弟弟还以为是买来一家人自己吃的，要是他知道是买来送人的，不知道有多失望。

我说："爸爸，妈妈的病还有多久才能好呢？"

父亲说："赵医师说的，你妈胃不好，这三年里不能吃冷的东西，包括水果，大肉也少吃。"

我想到母亲三年都不能吃大肉，心里有些难过。母亲在没生病的时候，每天给我们做饭，还养了十来头猪。在她养猪之前，铁热克镇要在喀普斯朗河边上修堤坝，母亲跟着工程队干活儿，每天在河坝里筛沙子，抬石头，就是这样饱一顿饿一顿，才把胃弄坏的。有一次我和弟弟去河坝玩儿，母亲和两个阿姨筛沙子，弟弟图好玩儿，接过母亲的铁铲铲沙子。其中一个阿姨笑着说，让他体验下，看看钱多难挣。

和父亲走到家，母亲问："送了？"

父亲说："送了，只是没遇到赵医师，不然想问问那事他能不能帮上忙。"

母亲说："顺其自然吧，生这次病，我都没想那些了。"

母亲说的这话，其实我是明白的，父亲一直想给我和弟弟把户口落下来，赵医师虽然不是政府部门的人，但是医生总是和农民工不一样，身份高，路子也会宽些，或许能找到门路。母亲在生病后，就开始想家，想那个远在千里的南方。很多次，她都会和来看她的阿姨说："昏在床上的时候，我只是在想，如果我死在了这个地方，我的两个孩子怎么办，他们都还那么小。"

弟弟是在天快要黑的时候回家的，他的数学不太好，周末的时候，数学老师专门腾出时间来给他和班上的几个孩子补课。

弟弟到家后，最先看的是那块羊肉。羊肉本来是挂在墙上的，现在不在了。

弟弟问："羊肉呢？"

我说："送人了，那是爸爸买来送给赵医师的。"

弟弟不高兴了："我们都没得吃，为什么要送人？过年的时候，过年的时候我们都没有买羊肉吃。"

说着说着，他就哇的一声哭出来了，眼泪顺着脸庞扑簌簌地滚了下来。

五

那是一个明媚的上午，阳光从窗外透了进来。父亲走进我和弟弟的屋子，“快起来，今天我们去捞鱼。”捞鱼是弟弟很喜欢的事情，距离上次弟弟因为羊肉闹不愉快刚好一周，父亲近来一直想着如何弥补他。没有什么比捞鱼更好了，不仅能得到一份美味的晚餐，还能改善他们之间的关系。

我和弟弟起了床，洗漱完走出屋子。父亲爬到鸡圈上找他的渔网，我们有几个月没有捕鱼了。现在是春末，正是喀普斯朗河里的鱼活跃的时候。

网子被一些旧木块积压住了，父亲用力掀开木块，一扯，网子不小心挂到一颗钉子，就这样，嚓的一声，撕出一个大口子。

看样子是不能捞鱼了，弟弟脸上露出担心之色。

父亲说：“没事，你们找一只桶来，我去找网子。”

我和弟弟进屋，找到一只装有水的红色塑料桶，我们把桶腾了出来。父亲拿着一只大渔网回来说：“怎样？在库尔班老人那里找到的，他今天要去放羊，说是有个地方鱼很多。”

跟着库尔班老人的羊群一路往南方走，那是一条大河，河的名字我不记得，也没听任何大人讲过。库尔班老人骑在枣红马上，说：“我不和你们去了，我的羊过不了河，我就在附近的柳树林里放它们。你们过了独木桥，继续朝南走，一直走到那个山脚下就到终点了。”

“那里有河吗？”

“是的，那里的鱼很多，不过得要耐力，正是考验这两个小巴郎（孩子）的时候。”

父亲决定带我们去，和库尔班老人作别后，我和弟弟、父亲踏上了过独木桥的路。桥不长，在父亲的牵引下很快走过，岸的那边，是一块块黑色的麦田。当然，田地里似乎什么作物也没长。我们顺着田埂边的小路走，一直走到一条马路上。

马路修在山坡脚下，路边有水渠，里面流淌着湍湍春水。柳絮早已经纷飞完了，现在都抽出了绿芽。透过路边的柳树林，映入眼帘的，是一个农庄。这个农庄具体叫什么名字，可能父亲也不知道。拖拉机在地里犁地，发出嗒嗒嗒的声音。

弟弟说：“爸爸，他们在种什么？”

父亲说：“还没种，是犁地，准备种小麦。”

我看见人们拉运牛粪进入田地，同时拖拉机驶过，地里的土壤就像浪一样，一层层地卷起来，又落下去。走到一处山脚下时，出现在我们面前的是一个岔路口，父亲困顿了，不知道该往哪走。

我觉得该走左边，弟弟说走右边。争论不下，父亲说：“走左边吧，左边是下坡路，而且那边有人，我们过去问问，反正感觉应该离库尔班老人说的地方不远了。”

走到一块麦地边时，父亲问一个正在套马的人：“你好，请问你知道前面是不是有一条河呢？”

“是的，你们是捞鱼的吧？”

“对。”

那人把马套在了一株老柳树上，父亲走上前去，递给他一支烟。

他说：“你们这样捞鱼不好捞，缺一样东西。”

父亲说：“什么？”

他说：“铁锹。”

我和弟弟，还有父亲，都愣住了。

六

大叔叫买买提，是当地的农民，靠种麦子和放羊为生。那天真得谢谢他的铁锹，否则我们就不会捞到一大桶鱼。

准确地说，那不算河，而是三条并肩流淌的小溪。溪水最后汇入喀普斯朗河，那是一处比较险峻的河口，我和弟弟走到那个河口时，喀普斯朗河正流入一处落差较大的地方。水声哗啦啦的，说实话，我有些害怕。

起先我们是在稍微朝上一点儿的地方捞鱼的。父亲拿着那把铁锹不知道该怎么用，买买提叔叔下了马。

他说："网子布在下游虽然能捞到一些鱼，但是这里的鱼多是群体出动，往往发现一条就会有一群，这个时候最好的方法，就是利用小溪挨靠着的优势，把一条溪的水截堵了，让它改道进入另一条溪。"

他说完后，就跳在了马背上，说是要去小溪的上游一趟。我们没问是去做什么，他只是说，捞好了，铁锹放在他家门口就可以了。

我和弟弟一直观察着溪水，溪水清澈见底，我们想看看到底有没有鱼。

还是父亲眼尖，他在一处沙柳的背阴处发现了一群鱼。二话没说，就用铲子铲着溪水边上的石沙，噼里啪啦地，全往小溪里铲去，几下就堵截了溪水，迫使水改了道。鱼游不上去，只能往下游，父亲让我们快往下游去，找一个狭窄的地方下网。

新疆的地多是沙地，渗水快。鱼群往下游动着，白花花的鱼肚子开始翻腾，水越来越少，过了一会儿，基本没什么水了。干涸的小溪沟里鱼群翻滚着，跳跃着，有些最终落进了渔网，有些没有落进，我和弟弟挨着一直捡，全部捡进桶里。考虑到小溪沟里可能有新产的鱼卵，父亲又把改道的溪水扯了回来。

那天我们去还买买提的铁锹，他已经不知何时到了家，正在屋子门口清理牛粪。

我说："谢谢你，叔叔。"

他说："不用谢，以后常来。"

买买提不知道，我也没有想到，那是我第一次去那个山脚捞鱼，也是最后一次，多年以后，我再也没有见过当初借我铁锹的买买提叔叔。

我要抓鱼给他，他说不用。

晚上，妈妈熬制了鱼汤，那时候她的病已经好了很多。吃到一半的时候，克里木来了家里。父亲喊他吃饭，他说吃过了。

克里木的样子像是遇到了急事，来了也不坐，说是有事情要跟父亲讲，两个人就出门去了。

饭间，我问母亲："舅舅最近来电话了吗？"

母亲说："来了，他们可能下个星期就到新疆来。"

"真的？"弟弟显然被母亲的话惊住了，我们从来没有回过内地，也不知道内地是怎样的，更无法记起舅舅的音容。

饭快吃完的时候，父亲回来了。他说克里木的房子出了事情，房子卖给了别人，但是还没收到钱。那人把他屋子里的东西搬走了，现在人找不到了。刚才来是报警的，顺便想问问，看我们愿意买不。

母亲缓了缓说："算了吧，下个星期哥哥就要过来了。"

我明白母亲没有说出来的意思。

七

舅舅来的时候，家里很热闹，父亲让我和弟弟去商店搬啤酒，买好吃的。那时候我才知道，原来我的舅舅长这样。很小的时候见过，但岁月冗长，谁又能记得住呢!

舅舅来了几天，发现没事可做很乏味，他让父亲帮他找活儿。他们给他找了一个在铁热克老厂拆平房的临时工作，具体房子拆后用来做什么，我们谁也不知道。

阿克苏的天气和南方的湿润气候是无法相比的，舅舅的体质适应不了这样干燥火辣的天气。他的鼻子开始流血，一连数日，他都流着鼻血，母亲急着给他找医生，医生也没什么良方，只是说水土不适。

舅舅决定要走，他和父母商量，把我们两个小孩都带走，这也是他来的目的。

母亲说："以前还想过买房子，那时候总是搬家，现在觉得没买还好，这户口一直上不了，读书就一直花高价，现在是小学，等以后读初中、高中了，肯定供不起。”

父亲没有说什么，这些道理谁都明白的。

三个大人陷入了沉默，唯独我和弟弟很高兴，我们没有参与他们的谈话，我正和弟弟玩儿着解毛线团的小游戏。说实话，我没有父亲那么多顾虑，我的内心对内地充满幻想，这么多年，我们一直四处为家，却一直没有一处是自己真正的家，我多想回到那块生我的地方……

舅舅带我们走的那天阳光很好，我们坐上一辆开往拜城县的夏利出租车，和我们作别的父母站在路边挥手，越来越远，越来越小……

有天舅舅给父亲打电话，说要开学了，到底给不给我和弟弟报名。父亲在电话那头陷入了沉思。

再后来的一天，舅舅家里的座机打来电话。但舅舅不在家，电话里换了个声音。大概一个多月的时间，我们的暑假就快要结束了，那时候父母还没有真正下定决心回老家。他们可能只是想着，或许让我和弟弟先回一趟吧，过了暑假，还可以再回新疆的。

那头说：“嘿，巴郎，你猜我是谁？”

我不用猜也知道他是谁。

我说：“你是克里木叔叔。”

他说：“是的，前天赵医师来过你家了，说你妈妈的病没大碍，如果能去气候更好的地方，对休养更好。可是这可坏了，你大大他不买我的房子了，他还喊我给他干活儿。我买走了你家的一些柜子，我让他送了我一样东西。”

我说：“什么？”

他说：“闹钟。”

我说：“不行的，我们汉族人是忌讳送这个的。”

他说：“我不管，这个闹钟很漂亮，如果我不拿走，就会被库尔班那个老头儿拿走。他也在给你家搬东西呢。”

我笑了，我想起了喀普斯朗河，这两天，河里的水一定又涨了，要是没涨水，我可能会因为玩儿水再次被父亲追得满山跑了……

去塔什伊开克村

从门诊出来，我爸带着我，顺着巴扎绕了两大圈，还是没遇着回去的车。阳光炽热，烤在人身上，汗流浃背。我用手遮住阳光，怀里抱着我爸给我买的佳加钙，一大盒，黄色外包装，透明塑料袋装着。

我爸说："你在这里等我，我去趟商店。"我站在桥头上等我爸。他朝着对面的商店飞奔而去。车来车往，扬起漫天灰尘。我瞅了好半天，不知道哪辆车是回煤矿的。身边有个补鞋的老汉，见我老站着，就搬来一张小方凳，让我坐。我怕他收我钱，有些迟疑。他说："坐吧。"我想了想，还是坐吧，挺难等的，就说了声谢谢爷爷。

我爸出来的时候，手里拎着一只塑料袋，他冲到马路这边来，我才看清楚，里面装着三坨褐色的东西。我说："这是啥？"他说："红糖，买去给大苟伯伯家的，阿姨生了个弟弟。”大苟是我们老乡，姓苟，他还有个弟，俩兄弟名字挺绕，具体叫啥我不清楚，为了方便称呼，我爸就大苟小苟地喊。

离开补鞋摊，我爸带着我上了桥，沿着马路走，粉尘大，特别是车辆经过时。好一会儿，我们才走到三岔路口。我爸说：“就在这儿等会儿吧，车多，没准儿能遇上回煤矿的。”我坐在马路牙子上，端详着怀里的佳加钙，不知道吃这玩意儿顶啥用。旁边有人推着小推车卖汽水，天气燥得慌，太阳把我的脸都晒烫了，闷热，想喝汽水，又不好意思开口。

我爸或许是看出我的窘状，说：“等会儿，到了大苟伯伯家，咱们就吃饭。”我没说话，我爸节约是出了名的，他赚钱不容易，今天早上，就用了好几十块钱，先是带我看医生，做检查，再是买佳加钙，用我妈的话说，六岁以来，我就没怎么见长过，不知道缺个啥。

说起大苟伯伯家，我倒是很憧憬，没去过，以前听大苟伯伯讲，那地方平坦，夏天的时候，麦田地绿油油的，一望无垠，麦田里有水渠，能捕鱼，水渠边还有很多蜂箱，养的蜜蜂产蜂蜜，想吃多少就吃多少，用手抓一把塞进嘴里，那叫一个甜。

太阳有些大，我挪了挪位置，尽量往阴凉处。三岔路口的车多，我爸蹲在马路边抽烟，瞅见像是去煤矿的车后，离得老远就招手，有些师傅会瞟一眼，有些看都不看，还有些会说坐不了了。

不远处，一辆方圆车驶了过来，我爸招手，那师傅把车停在我们旁边，看样子和我爸认识。师傅探出头来，说："来镇里干啥？"我爸说："带娃看下医生。"师傅说："这娃儿咋的了？"我爸说："吃饭不好，也不见长个儿。"师傅说："快上来吧，赶路呢。"我爸就拎起地上的红糖，带着我绕到右边的副驾驶室门边开门，顺手推我上去。

上了副驾，我爸从荷包里摸出一小盒烟，递一支给师傅，点上。路挺崎岖，长期遭受重车碾轧，难免有坑洼，爬坡下坡的时候，颠来颠去的。师傅一边聊天，一边熟练地打着方向盘。我爸说："你上去了今晚上还下来不？"师傅说："没个准儿，看还能不能再拉一趟。"我爸说："我们在化肥厂过去点儿下车。"师傅说："不回家？"我爸说："不回，先去看个老乡。"

车子驶进柏油路，畅通许多，只见路边风景不断掠过。我打开车窗，风从外面往里灌，拂在我的脸上，凉爽无比。我抱着怀里的佳加钙，看掠过的一排排杨树，还有一排排柳树，以及路边的沟渠，山坡上的羊群。天气闷得慌，我感觉瞌睡了，坐着坐着就眯着了。

不记得啥时候过的化肥厂，我爸喊我下车的时候，我才反应过来。下了车，我们给师傅说了声再见。接着，就沿着去塔什伊开克村的马路走，走出十多米外，我爸突然说："完蛋了。"我说："怎么了？"我爸说："红糖没带，估计是落那人车上了。"我看看自己手里，只有佳加钙，再看看我爸手里，空空如也。

不知道还继续走不，我爸点燃一支烟，睃了一下四周，都是山，脚下的路蜿蜒绵延，一直到远处的村子。村庄的房屋低矮，隐藏在杨树林背后，树林这边，是玉米地，还有向日葵地。

我爸摁熄烟头，说："继续走吧，看看前面村子有卖红糖的没。"我们就继续走。我爸说："你也是，我下车你就跟着下车，不注意落了什么没。"我什么话也没说，不敢狡辩，也确实有责任。地面特别热，走到村口的时候，我感觉脚板底都烫起来了。新疆的天气总是这样，热的时候简直像热锅上的蚂蚁，又烦又躁。

几个维吾尔族老汉蹲在村口抽烟，见我们路过，眯着眼睛看我们。我爸凑上前，给一个老汉打招呼，问村子里有没有商店。老汉朝着村子的方向指了指，用不太娴熟的汉语说："走进去点儿就是。"

循着方向，我和我爸往前走，进了商店，货架上摆些简单的商品，油盐酱醋、糖果饼干之类的。屋里就一个小巴郎在，正趴在柜台前写作业，样子比我大。

我爸说：“巴郎，你家有红糖卖没？”巴郎摸了摸头，像是不知道啥是红糖。我爸用手比画，说是包汤圆常用的。巴郎就更迷糊了，估计他们也不咋吃汤圆。解释了半天，巴郎说没有，让我们去别处看看。出了商店，我说：“干什么非得买红糖？可以买别的啊。”我爸说：“你娃娃不懂，阿姨才生小弟弟，需要补身体。”我心想，村子里要是有牛奶，牛奶岂不是更好。

问过村口的几家商店后，依然没有买到红糖，我和我爸蹲在马路边，他边抽烟边思考。我说：“可以买牛奶。”我爸说：“牛奶容易变质，我们进村看看有没有酸奶球卖。”酸奶球我以前见过，煤矿上有阿姨会做。做这东西，得把新鲜的牛奶煮沸，放凉后发酵成酸奶，再将发酵好的酸奶倒进搪瓷盆子里，盖紧，加被子捂上几天，再放到通风处晾干，揉成团，就成了。说是营养价值高，但凡赶巴扎，总能见些维吾尔族妇女摆在路边卖。

村里剩些老人和小孩，我们找了好几家，都没遇到有酸奶球的，好不容易遇到一家，人家说留着自己吃，不卖。我爸又带着我在村子里转，都是些土屋，看哪哪都一样，感觉要迷路。绕到村子最里边时，遇到个大叔，在砌墙。

他说他家有，不过不卖，要是真需要，帮他把墙砌好，他送点儿给我们。

我爸瞅了瞅天，太阳开始偏斜，阳光依旧刺眼。我爸问砌墙的大叔，这会儿几点了。大叔说："四点半，要晚上九点半才天黑呢，急什么。""这里到塔什伊开克村还有多远？"我爸又问。那人放下手里的砖刀，说四公里。我爸从衣兜里摸出烟，递了一支给他。那人接过烟，说他得把墙砌好，可以的话，想请我爸帮他，要不了多久，砌好墙，他就拿酸奶球给我们。我爸打量了下墙体，估算了下时间，认为可行，答应了。

他们聊天中，我知道那人叫努尔提。努尔提的儿子和我差不多大，从屋里出来的时候，手里攥着半块馕。要不是看到努尔提的儿子吃东西，我也不会意识到自己饿。我摸了摸肚子，有些扁。我爸或许把我们没吃饭的事给忘了，他正戴上手套，弯下腰，帮着努尔提砌墙。

努尔提的儿子拿着馕到我身边晃悠，或许是注意到了我的眼神，掰了一小块给我。我迟疑着要不要接。努尔提的儿子笑了笑，示意我接下。我接过那一小块馕，挺硬，但咬下去后，嘴里就满足起来，真好吃，这馕肯定加了鸡蛋，我最喜欢吃加鸡蛋的馕了，外面还撒了点儿细芝麻，这样的馕，卖得也贵些。

“你叫什么名字？”努尔提的儿子问我。我说：“小夏，你呢？”他说：“巴拉提。”我说：“很高兴认识你，巴拉提。”他笑了笑，指了指墙外面，意思是要带我过去玩儿。

我说：“去哪里？”他说：“那边。”我说：“我带着佳加钙呢。”他说：“先放在院子里，没人拿。”

我跟着他出了院子，走进巷道。他边走边看脚上的鞋。那是双布鞋，大拇指已经露出一个洞来。我说：“你的鞋破了。”他回过头笑了笑，摆摆手，说没关系。我们走出巷子。他说：“带你去个地方。”我说：“我不能走远，一会儿怕我爸找不到我。”他说：“没事，你过来，我给你看样东西，你肯定喜欢。”

跟着巴拉提，我们来到村子后面，横亘在眼前的是一条河流，风从远处吹来，拂动河边的垂柳。巴拉提穿过柳树林，说：“快到这边来。”他爬上一座小山坡，上面零散着各种石头，褐色的、白色的、黄色的，都有。我说：“到这儿干什么？”他说：“看到没，这里有个洞。”他的手指向地上的一棵矮生植物，在那棵矮生植物旁边，是块褐色的岩石。“怎么了，这个洞里有东西吗？”我问。他从裤兜里摸出打火机，我不知道他摸打火机干什么。只见他环视四周，捡了几根地上的干柴，嘎噔一声，火机打燃了，火苗子点在干柴上，火就慢慢烧了起来。风不时刮过来，我看到有火苗烧到石头上，那块石头上有热气冉冉上升。我说：“会引起火灾的。”他说：“不会。”然后说，“你摸摸。”我说：“摸哪里？”他说：“摸石头啊。”我弯下腰，伸手摸火苗旁边的褐色石头，很烫。我的手缩了回来，巴拉提来了兴致，笑了笑说：“赶紧再找些柴来，越干越好。”

我说：“我们要干什么？”他说：“你别管，赶紧找柴来，你会喜欢它的。”我们四下里找来柴火，柴火越搭越高，风好像大了起来，火也越烧越高。良久，在褐色石头的背后爬出一只小东西，那东西的嘴巴真尖，四条腿，尾巴有些长。它探着脑袋，敏捷地跳过石头，跳过火堆，跳到另一块岩石上了。

巴拉提说：“快抓住它！”我跟着跑了起来，巴拉提捡起地上的石头，朝那小东西砸去。他砸得真准，一下子砸中小东西的尾巴，尾巴断成两截，一截在那小东西身上，一截在地上滚动着。然后，小东西消失不见了。

“它是什么？”我说。巴拉提说：“是蜥蜴。”“哦，蜥蜴。它的尾巴还在动呢！”巴拉提伸手去捡那截掉在地上正滚动的尾巴。“你竟然不怕它？”我好奇道。他说：“怕什么，又没有毒，它还能长出新尾巴的。”“不是吧？”我说。“是真的，能长出新尾巴，这个送给你。”巴拉提拎着那半截尾巴，示意我摊开手。我慌忙把手揣进裤兜，说我才不要。他说："没事，你试试，它会在你的手上跳舞。"我没有伸出手来。巴拉提说："如果你不喜欢的话，我带你去看样别的。"

"别的？"我说。"嗯，别的。"巴拉提朝着回村庄的方向走，我一边跟在他身后，一边问他："我们要去哪里？""去了就知道了。"他不由分说，踏起快步向前。

那是一间马厩，不算大，里面拴着一匹枣红色的马。马很高，背对着我们吃草。他说："你敢扯它的尾巴吗？"我想起马匹之间打架时的情景，互相背对着蹬腿，力气超大无比，据说有人被马给踢骨折过，甚至有被踢死的。我说："我不敢。"他说："我就敢。"我本想说什么的，然而他已经跳进了马厩。马知道他跳了进去，屁股挪了挪，继续啃食着槽里的青草。巴拉提站在马屁股后面，他还不及马屁股高，我看着他伸出手，小心翼翼地，生怕被马察觉，他一下子拔掉了马屁股上的尾巴。他的手里捏着一根马尾，马并没有恼火，继续啃食着青草，我心想，或许是因为马是他家的吧，可以任其摆弄，这就很自然了。

他说："快进来。"我说："这样会被踢的。"他说："不会，我从来没被它踢过。"我说："那是因为你是它的主人。"他说："不是主人它也不踢，很温和的。"我试着爬过墙内，站在马屁股的侧面，伸出手正考虑该扯哪根马尾，巴拉提就拽着我的手，使了一下力，一把扯在马尾巴上。马似乎感觉到了疼，跳了跳，把我吓得不轻，瞬间退倒在地上。幸好，马没有蹬腿。巴拉提站在旁边笑，我爬了起来，拍了拍身上的渣滓。我说：“有啥好笑的。”他说：“它真不会踢你。”他又扯了一把马尾，马没啥反应，然后我们爬出墙。我打算回去了，他说：“急什么，走，我带你去看样宝贝。”我不知道巴拉提又要带我去哪里，我只感觉肚子有些饿，咕咕咕地叫着。我们出了马厩，来到巷子里，我爸和努尔提还在砌墙，看样子墙砌得一半高了。巴拉提走到一个拐角处，说：“到这边来。”我说：“远吗？怕我爸一会儿找不到我。”他说：“不远，你来，我要把它送给你。”我跟着巴拉提朝另一个巷子走去，巷子很深，蛮窄，两边没有住户，走到尽头时，又要拐一个角。我说：“还有多远啊？”他说：“不远了，再走走。”我继续跟在他的身后，出了巷子，是一片废弃的砖房。这些砖房空落落的，破损不堪。我问咋回事，巴拉提说：“这里原先有人来修河堤，临时搭建的房子，后来工人们走了，房子就没人住了。”

巴拉提朝着一间砖房的破门处走去，他说：“你快来啊。”我听见啾啾的叫声，不知道是鸟还是耗子。进了屋，巴拉提正站在破窗户后面，他用手指了指，说：“快过来。”我凑了过去，那是一条不大的砖缝，巴拉提踮着脚，说：“听见没，小鸟的叫声。”我逡巡屋内，找来几块废砖头，方方正正地码了起来，站在砖头上，借着室内的光，歪着头，果然瞅见鸟的巢穴，巢穴就造在细长的砖缝里，里面有几只小鸟叽叽喳喳地张着嘴，一副嗷嗷待哺的样子。

我说：“带我到这儿来干什么？”他说：“把鸟送给你。”我说：“我不要，它们太小了，养不活的。”巴拉提说：“不是送它们给你，是送大鸟给你。”我不明白他的意思。他说：“你去找两根坚实的木棍来。”我说：“找木棍干什么？”他说：“别问那么多，快去，越长越好。”

走出砖房，我环视了下四周，地上有些废弃的干木条，就随便找了一根拿进去。巴拉提把木条别在窗户上，用手试了试，还算牢固。巢穴里的鸟不知道什么时候安静了，或许意识到了危险，知道我们并非它们的父母。巴拉提从兜里掏出马尾，把马尾摊在手里，圈成一个个活套，然后按照顺序绑在木条上。我说：“你要干啥？”他说：“过一会儿你就知道了。”绑好的木条被巴拉提卡在墙上，几个活套就在鸟巢口边，围得严严实实。

巴拉提拍拍手上的灰，一副大功告成的样子。“走吧。”他叫我和他出去。出了砖房，我问他要去哪里。他说哪也不去，就在周边坐会儿。我们来到一块草皮，就地坐了下来。面前是块不大的沼泽地，周边草木葱茏，有飞鸟掠过，沼泽地中间依稀可见些水生植物，我认得出，有水葫芦，有水芹，还有车前草。透过沼泽地，可以看到远处的天边，有绵延的杨树林，还有起伏的褐色的山峦。山峦的顶空，白云似乎有点儿发灰。我说："会下雨吗？"巴拉提说："怎么可能？"我情不自禁地摸了摸肚子，感觉肚子扁平。

我说："还要坐多久？"巴拉提说："再坐会儿，没多久。"然后他问我，我们从哪里来。我说："从巴扎上回来，本来要回家，我爸要去看个老乡，买的东西落在别人车上了。"巴拉提说："你们老乡住哪里？"我说："塔什伊开克村，你去过吗？"他说："没有，只听过，好像离这有段距离。"我说："听说那儿很美，有一望无际的麦田，还有吃不完的蜂蜜，这几天肯定到处都是花。"他说："我们这儿也挺美的。"我看了看四周，不置可否。

巴拉提说："好了，不废话了，我们赶紧进去吧。"他翻起身，我也跟着翻起身来。我们朝着那间砖房走去。进了屋，吊在那根木条上的鸟把我怔住了。巴拉提冲了过去，他跑到鸟巢边，那只鸟拼命地扇动着翅膀，尝试飞蹿着，可惜徒劳无用，它的脚被几只马尾套套得死死的。就这样，巴拉提一把抓住了它。

那是一只灰色的麻雀，它的脑袋圆圆的，眼睛黑溜溜的，被巴拉提紧握在手里，两只黑溜溜的眼睛警觉地睃了一下四周。巴拉提说："你要摸摸吗？"我说："它会啄我吧。"巴拉提说："不会，你胆子怎么那么小？"我伸手去摸它的脑袋，它一下子啄了过来。我反应快，没被啄到。巴拉提说："它的心跳好快啊。"我说："你怎么知道？"巴拉提说："我能感觉到它的心在怦怦地跳。"我瞅了瞅小家伙，它的眼睛看起来是那样灵敏，那样深邃。

巴拉提把它递了过来，我张开手，笨拙地接过。它试图挣脱，扇动着翅膀，我用两只手去握它，生怕给跑了。我能感觉它的身体在使力，同样地，我也跟着用了点儿力，它的身体十分温暖，心跳真如巴拉提所说，扑通扑通地跳着，好快。大概是我握它的方式不对，它的脑袋抬得老高，然后低头就啄我的手。啊，它的喙真是蛮尖的，一下子啄在我的指骨上，我吓了一跳，手一松，它竟然飞了出去，扑扑扑的。我们俩看着它扇动着翅膀飞出窗户，飞进天空里。

我说："怎么办？真不好意思。""没关系。"巴拉提说。我说："它还会回来吗？"巴拉提说："不知道。"我说："它要是不回来，巢里的小鸟怎么办？"巴拉提说："没事，应该会回来的吧。走，我们走。"巴拉提说着，走出砖房。

我回视了下砖房，心想，要是它不回来，小鸟会不会饿死。不过，此时我是真的快饿死了，回就回吧，不然一会儿我爸找不到我，肯定会发脾气的。“等下。”巴拉提说着，他又跑进了那间砖房。我说：“你还要干什么？”他说：“我得把卡在窗户上的木条拆了。”巴拉提走在我前面，我说：“我们是回去吗？”他说：“先不回去。”我说：“可我肚子实在太饿了，再这么走下去，得累趴下。”他说：“我带你去个地方，给你个惊喜。”我说：“不用了，能有吃的就够惊喜的了。”他摸了摸脑袋，做思考状，说：“有了，我们去那边。”“那边是哪边？”我问，生怕有点儿远。他说：“走吧，有你吃不完的。”

我们沿着一条小路走，路两边树木很茂密，路也越走越阴凉。“那边有杏子，”巴拉提说，“没人看管。”听到“杏子”两个字，我的口水都快流出来了，距离上次吃杏子，已经是很久的事了。

小路两边的树木越来越葱茂，枝丫伸展出来，遮蔽着小道。巴拉提说：“走这边。”我跟着他翻过栅栏，进入果园，眼前是密密麻麻的杏子。我说：“没人管？”他说：“没。”我们环视四周，确定没人后，他说：“上吧。”话才说完，我们就各自挑选了一棵树爬了上去。

我说：“你注意点儿。”杏子很大，也很多，我随手就能够着。我吃得欢，边吃边往裤兜里装。突然有人在喊：“喂，哪里来的巴郎，快点儿给我下来！”我循着声音看去，树底下站着位维吾尔族大妈，她手里正握着一根竹竿，使劲朝我的方向捅。吓得我手忙脚乱。我喊道：“巴拉提，快跑！”

树下的大妈循着我喊的方向，发现另一棵树上的巴拉提，于是注意力转移了，拎着竹竿去捅巴拉提，我趁势跳下树，灰溜溜地往果园外跑。来时的路却找不到了，平时就是路痴的我，在这种情况下更像只无头苍蝇，左看右看，觉得还是跳栅栏吧。

跑到栅栏边时，发现栅栏上长有很多带刺植物。我的妈呀，这让我怎么跳。大妈从后面追了过来，眼看着要被抓到了，我发现栅栏底下有个洞，啥也没想就直往洞里钻。出了洞，大妈的竹竿又捅了出来，却没够着我的屁股，我趴在洞下，她一副很生气的样子。然后，我发现我有只鞋落在园子里面了。

咋办，我不可能穿着一只鞋回去啊，路还远，没鞋的话脚底要是踩到玻璃怎么办。我蹲下身，打量了下大妈，她面无表情。我试探性地伸出一只手到洞口，她的竹竿没有敲过来，于是我迅速爬了过去，瞅着鞋子就一把拽到手里，灰溜溜地爬回洞外。

跑到村庄口，我才遇上巴拉提。他正拿着杏子吃，一脸诡异的笑。“咋样，没被打吧？”我说：“还好。”他说："不会被打的，她就是吓唬吓唬你，我们不吃，那些杏子也会被鸟吃的。""我们现在该回去了。"我喘着粗气说道。我似乎感觉有滴水滴在了我的头上。我摸了摸头发，我说："是不是下雨了？"巴拉提仰头看了看天，天空中悬浮着白色的腾云。他说："怎么会呢？你看，那边还是大太阳啊。"我朝西面看，斜挂在天空的太阳十分有力，一柱光射穿云层。我下意识地摸了摸脑袋，没有雨滴。

巴拉提绕开话题，问我："外面好玩儿吗？"他冷不丁地来这么一句，我不知道该怎么回答。"你没有出去过吗？"我说。他说："没有，我们这村子里有学校，有商店，需要啥都能买到。"我说："外面也没啥好玩儿的，我们要去塔什伊开克村，那里肯定很美，你要去吗？"他说："我不去，我爸不让我乱跑。"我说："我们现在该回去了吧。"他想了想，说想给我惊喜。我说："不用了，会耽误时间的。"

回到巴拉提家时，我爸正在砌砖，已经砌到最后两层了，太阳看起来比之前小了一大圈，斜挂在远处的天边上。

见我和巴拉提回来，我爸问我去哪儿了。我说："和巴拉提到周边转转。"我爸说："别瞎跑，一会儿走丢了。"我"嗯"了一声，和巴拉提进了院子。

努尔提正在和浆，让巴拉提帮他提水，看巴拉提的样子，力气蛮大，轻巧地提起水桶去水龙头边接水。水接好了，又双手提着水到他爸跟前。我爸的砖刀哐哐哐地敲着，砌墙的样子十分娴熟。努尔提说：“谢谢你，伙计。”我爸说：“客气个啥。”

等我爸拍拍手，从墙上跳下来时，整堵墙就算砌好了。努尔提招呼他到水龙头边洗手，说抽支烟。我爸接了烟，蹲在门槛边，和努尔提抽了起来。努尔提又吩咐巴拉提干活儿，让他去屋里找酸奶子球来。

酸奶子球是装在一只竹篮里的，满满的一篮，看上去又圆又白。我爸站起身，熄了烟，说：“谢了兄弟。”努尔提说：“留下吃顿晚饭再走吧，我看这天气怕是要下雨。”我爸说：“不了，赶路呢。”努尔提说：“你说的那个村子虽然不远，但也不近，去的话得过一条河，河没有修桥，是村民自发搭的一座独木桥，你小心些，特别是带着孩子。”我爸说：“行呢，谢谢提醒。”

出了巷子，我爸让我把佳加钙给他，他一并装在篮子里，我们沿着出村的路走。我回过头，看见还有老人聚在村口抽烟，还有的在地上打牌，不知道为什么事情争吵，像是有人输了钱，不服气。视线投向远方，原本挂在空中的太阳又隐没在了云层背后，我感觉风好像比前些时候大了。我爸走得比较快，我紧起步伐。

我爸说:“饿了吧?”我摸摸肚子,心想,等你想到我时,我都饿傻了。我爸说:“这东西酸,不抵饿,但是你想吃就吃吧。”我接过竹篮,一只手伸进篮子,抓起几个酸奶子球,往嘴里塞,又滑又甜。心想,我还没吃过蜂蜜呢,都说蜂蜜是蜜蜂拉的屎,也不知道人为啥吃动物的屎,那玩意儿会比酸奶子球还好吃吗?

出了村子,我爸的脚步又加快了,我有些跟不上。他说:“我们必须在天黑前赶到塔什伊开克村。”我说:“要是赶不上呢?”他说:“要是赶不上,晚上就得睡旷野上了,你怕狼的话就走快点儿。”狼长啥样子我没见过,小时候听我妈讲故事,说狼的眼睛是绿色的,会发光,耳朵竖着,老长了,专门在夜里挑不听话的小孩吃。想到这儿,我不得不跟上我爸的脚步。

跌跌撞撞,我们来到河边,河床开阔,很多地方已经干涸,远处有一条湛蓝色的丝带,那是河流。我和我爸循着河流的方向望去,没看见桥。我爸说:“往上游走吧,我跟着他往河的上游走。”

不知道什么时候,有风刮了起来,好好的天气,说变就变。河边的杨柳摇晃着,我手里的竹篮也摇晃着。我爸说:“拎不动的话给我。”我说:“拎得动。”

风越刮越大,我感觉稍不留神,就会踩滑脚下的鹅卵石。

河床越来越宽了，还是看不见桥。我说：“爸，我们还要走吗？”他说：“走。”我转过身，背后的村庄越来越远。远处的天空上，乌云密密麻麻地压了过来，气势汹汹，像一床黑色的大棉被全然挡住了阳光。风更加大了起来，扬起河边的沙尘，我的眼睛进了沙子，揉了揉，继续走。

雨是突然就落下来的，枪林弹雨般噼里啪啦打在地上。

我说：“下雨了。”我爸一把拎过我手里的竹篮，拽紧我，朝前方跑。我们身后是无尽的旷野，没有可以躲雨的地方。跑到河边的时候，眼前是座独木桥，是的，那就是一座独木桥。

我爸弯着腰，蹲下身子，说：“快，快爬到我背上来。”我看见河里的水渐渐漫了起来，我试着往他背上爬。他耸了耸肩，把我妥帖地耸到他的背上。雨越下越大，我看见独木桥的另一端已经被水漫过，水越发浑浊起来。

我说，桥会不会被冲垮啊。我爸没说话。眼下的独木桥是几根大树的树干拼凑的，中间钉了夹板，有些地方还用钢筋打造的双爪钉扣着。踏上桥，我感觉我爸摇摇晃晃，他的脚每踩一步都让我觉得不踏实。我不敢看，把头埋进他的后颈。

我在心里默念，别下了，别下了，然后我的眼前黑乎乎的，像是看到了巴拉提，巴拉提的手里攥着几颗黄色的大杏子，他笑着问我："你要吃吗？"我想说"要吃"，但我感觉雨已经很大了，雨滴噼里啪啦敲打在我的后背上、脑袋上。我的头发湿透了，雨水像泄闸了的洪一般淌进我的脖颈，淌进我的耳朵里。

尘 事

一

1995 年 10 月，赵方文来我家的时候，已近傍晚，我爸在煤矿底下打井。我妈给赵方文倒了碗水，就出门寻我爸去了。我坐在小方凳上，手里握着个没成型的陀螺，边捆鞭子，边琢磨着怎么玩儿。赵方文抽烟，闷了，就和我聊天，问我多大。我说："五岁。"赵方文说："没去读书？"我说："读的，放假了。"我不大好意思说，前些时候，我爸有送我去镇里读学前班，路远，雪厚，读着读着就给接回家了。

赵方文端起碗里的水，有些烫，用嘴抿了抿，继续抽烟，看样子挺无聊的，我闷着声玩儿。那时候我还不知道他叫赵方文，我妈叮嘱我喊他赵伯伯，往脸上看，他也不怎么显老，和我爸差不多。只是谁也没想到，往后的岁月里，这个赵伯伯过得如何。

那天晚上，我爸回来时，头上顶着个矿灯，脸上黑不溜秋的，俩人打过照面，我妈从炉子上拎下热水。我爸洗脸。赵方文说："我来是想问问你还要找房子不。"我爸说："找，咋不找。"赵方文说："我隔壁有一间，空着呢，要是去了，就挨着我住。"我爸说："那麻烦哥了。"赵方文说："都是在外面讨生活，客气个啥。"我爸说："多少钱一个月？"赵方文说："没租金，修给三团工人们住的。"我爸说："可我不是三团工人啊。"赵方文说："去了不就是工人了嘛，在八一煤矿干是干，在那儿干也是干，况且这里还拿不着钱，再说了，三团有学校，也能解决你娃读书的问题。"我爸沉思片刻，说："那就按哥说的办。"

那天晚上，天黑得挺早，铁热克的冬天总是这样，夜幕才拉下来，北风就呼呼地刮着。赵方文要走，我爸没让，硬拉着喝酒。在我的记忆里，我妈不大赞成我爸喝酒，但那天没阻挠，还炒了两个小菜，炸了一盘花生米，让我从小卖部里买了两瓶白烧。

饭间，我妈把菜腾了点儿出来，我们俩单独吃过，桌间就剩我爸和赵方文。赵方文说："娃大了，不能老住这里。"

我爸说：“就是考虑到这个，大了，得读书，来回路远，不方便，也不放心。”赵方文说：“这事你先别说出去，房子我想办法给你留着，顺便问下工地上还要人不。”我爸举杯，说：“感谢哥了。”赵方文喝得有些高，我爸留他，他硬要回去。“八一煤矿从来就没歇过，白天晚上都在开采。”我爸说，“不急，听见有路过的车下来，我就送你搭个便车回镇里。”

赵方文是很晚才等到车的。运煤车的声音传了过来，我爸去开门，跑到路边招手，招呼完赵方文上车，还不忘站在路边送他。

回了屋，我妈说：“他的话靠谱吗？”我爸说：“应该靠谱，之前他和我在矿上干的时候，人蛮实诚，他就是拿不上工资，才跑去三团的。”

那个冬天，赵方文挺爱来我们家，不是谈去工三团，就是谈我读书的事。我爸说，等开了年，我们就搬过去。每次赵方文来，我爸妈都挺热情。从情形来看，我觉得赵方文比我爸混得好，见着他，我也“赵伯伯、赵伯伯”地喊。

翻了年，我们果然搬离了八一煤矿。那天路上积着雪，天还没露出曙光，赵方文就叫来了一辆方圆车，车停在我们家门口。顶着寒风，我爸妈三下五除二就把屋里能搬的棉被、锅碗瓢盆全搬进了车厢里。

上了车，走得小心翼翼，生怕被人发现。赵方文点燃一支烟，说这破地方，没啥可留恋的。我爸瞥了瞥窗外，说小谢还在站岗呢。窗外是煤矿的井口，有卷扬机在作业，嗡嗡嗡地响。小谢和我爸玩儿得熟，在煤矿上干活儿，当过兵，二十来岁，我们小孩见着他都喊谢叔叔。赵方文没说话。我爸说："走得不辞而别，心里有点儿过意不去。"赵方文说："该过意不去的是老板，欠我们工钱也不给。"

出了八一煤矿，我爸问赵方文要了一支烟，点上，边抽边看路两边的雪景。

真应了那句话：不是那家人，不进那家门。赵方文的老婆和女儿对我们都挺热情，在三团那间小平房里，我爸和赵方文忙着铺床、摆柜子、接灯线。赵方文的老婆和我妈闲谈，洗碗刷锅。屋里收拾妥当后，又喊我们去她家吃饭，吃饭的间隙，我晓得了赵方文的女儿叫赵敏，比我长两岁，我妈让我喊她姐姐，我不好意思。我妈说我一点儿礼貌都没有。我低着头，差点儿把脸埋进碗里。

赵敏这人有意思，她读一年级，我读学前班。她放学晚，到家的时候，正碰上吃晚饭。吃完饭，天也就快黑了。三团小孩多，借着路灯能玩儿很久。屋前屋后亮堂堂的，赵敏就在自家门口挂一张木板，作为"黑板"，让我们挨个儿坐好，她当老师，我们当学生。

小学一年级学的东西，始终比学前班的多。那会儿她把在课堂上学到的寓言故事、诗词等文章读给我们听，还教我们写字。拿着她从学校里偷偷带回家的粉笔到处涂。赵敏的书包里似乎能装很多宝贝，水彩笔、粉笔、放大镜，经常都能给我们惊喜。她讲得最多的，就是越往上读，学的课文就越长，字的笔画也就越多。听得我们有些胆怯，害怕上小学，又期待着早日和她一样，能写笔画复杂的字，能读较长的课文。

我爸到工三团没多久，在赵方文的介绍下去了工地，挑砖、背水泥，啥都干。我妈跟着赵敏她妈勾缝。周末不上课的时候，我就跟着我妈，工地在铁热克镇的福利区，修的是平房，给在编职工住的。砖砌好后，缝隙之间会坑洼不平，看起来不好看，为了美观，就多出勾缝这道工序。勾缝是技术活儿，我妈拎着一只砂浆桶，装着和好的砂浆，和其他人一样爬到脚手架上，熟练地用灰浆刀铲砂浆，用勾缝刀把细砂浆塞进砖缝里，抹平。这样一个动作，她一天要重复无数遍。

二

赵敏和她妈每天晚上会来我们家唠嗑，我妈让我搬板凳给她们坐。有时候，赵敏她妈会拿几包方便面，方便面是稀罕物，看得人直流口水。我妈和赵敏妈相互推搡，每次都不好意思接人家的东西，每次赵敏她妈又都执意要拿过来。我妈接下后就聊天，她们聊天的间隙，我就和赵敏跑出去玩儿。

赵敏性格偏男孩子，喜欢和我争滑轮车，我们从门口的巷子口一直滑到巷子尾，往往复复。这个时候常碰到下班回来的赵方文。赵方文常年骑一辆“解放”牌自行车，车两边挎着砂浆桶，装些砖刀等工具，后座上捆着他在工地里扒拉出来的废铁。还有的时候，自行车前面的筐里会装着买来的菜，有些时候也是一块肉。

我爸起先没有捡废铁的习惯，后来见大家捡得多了，每次回来手里也拎着废铁。不上工的时候，我爸就会借赵方文的自行车，把废铁烂铜拖去巴扎上卖。卖来的钱能买盐巴，买菜，有时候还能给我买几颗比巴卜泡泡糖。后来，我爸觉得老借人家车麻烦，索性自己买了辆二手的。

同我爸一样，我妈干工地时带上我，就是因为能捡废铁。地上扒拉出的钢筋铁块，我都用一只蛇皮袋子装好，一直等到我妈下班，轻了就帮她扛，重了就她自己扛。

四月初，铁热克镇竟毫无预兆地下起了大雪，整个世界白茫茫一片。天气不见转晴，雪越下越大，工人们上不了工。赵方文来我们家玩儿，跟我爸喝酒。他说："你们听说了没？最近水泥厂、火电厂开始裁人。"我爸说："倒是听人这么嘘过，我们会不会被裁？"赵方文说："没个准儿，我们是民工，人家那些是在编的正式工，据说每隔小段时间就会考试，考不好就等着下岗。"我爸说："能有份糊口的混着真难。"赵方文说："可不是嘛，我们这工资拖得也太久了，据说前几天有人去找老板没遇到人。"我爸说："会不会拿不到？"赵方文说："那倒不至于，只是时间恐怕得久点儿，前几天我遇到单位会计，问她两句话，她竟然吼我。要不是看她一妇女的面上，我真想顶她几句。"我爸举起杯子，"算了，犯不着和一女的见识。"赵方文说："以前有人给我算过命，说我能发财，眼看三十而立，出来那么多年了，我连个像样落脚处都没。"我爸有些不知所措，举着杯子让赵方文别说那些伤心的。赵方文越说越来劲，说他得搞钱，这时代有钱才是本事，没钱什么都扯淡。

那天晚上，我爸喝得烂醉，屋里乱七八糟。我妈有些不高兴，没敢直言。喝完酒，我爸倒头就靠在床上睡着了，鼾声不断。我妈闷着声，一边扫地，一边收拾桌椅。

有天早上，雪断断续续地下着，我妈送我去上学。赵方文戴着一顶老式狗皮帽子，双手交插进袖筒，捂得严严实实。

我妈说："赵哥这是要去哪儿？"赵方文说："听人说，有人已经领到工钱了，我上单位问问。"我妈说："你要是问到了，顺便帮我们家那口子也问问。"赵方文说："那成，没问题。"

要赶时间，我妈没和他多说话，径自把我送去学校，和往常一样，叮嘱我在学校认真点儿。说是学校，其实是一间土房，学的东西不多，读阿拉伯数字，认水果和野生动物，等等。老师是个老太太，她念一遍，我们读一遍。老太太严厉，桌子上长期搁着一根录音机天线，谁要是不听话，就往谁身上抽。三团的人都是内地来打工的，没什么维权意识，能把自己娃教好就行，反正别像父辈一样干体力活儿。

中午下课铃响，我背着书包回家，才走到操场，就瞅见了赵方文，他耷拉着脑袋，在雪地里走着。我叫他赵伯伯。赵方文像是没听见，继续埋着头走路。我又在后面喊他："赵伯伯。"赵方文这才恍然，回头发现我跟在他身后。赵方文说："放学了？"我说："嗯，放学了。"赵方文说："走，回家去。"

我和他走到李家胡同口时，他说："伯伯有点儿事，你先回去。"我说："赵伯伯要去哪儿？"赵方文说："去找个朋友，快回去吧。"李家胡同蛮长，平日里小孩都不来这儿，我也不知道赵方文去找什么朋友。李家胡同不只姓李，还有人姓张、姓王、姓黄，早先时候这里李家人住得多，后来有几户杂姓搬过来，也不知道为了啥，闹过几次事，险些把人命整出来。不过这些都是听来的，这地方看着蛮阴，小孩们也都不怎么去。

背着书包回到家，我妈正在擀面，我爸没在。我妈就着滚水给我煮了一大碗手擀面。吃面的间隙，她托着腮，不知道在想什么，心事重重的。我说："我爸呢？"我妈说："早上送你读书回来，我告诉他你赵伯伯去问工钱了，他就起床出去了。"我说："赵伯伯回来了。"我妈说："没见啊。"我说："去李家胡同了，我刚才还遇着呢。"我妈喃喃自语，"去李家胡同干啥……"

三

赵方文没要到钱，我爸也没要到。

我爸从单位碰壁出来的那天，带着我上街买菜。说是买菜，其实就买了点儿小白菜，还有些青椒，肉什么的问都没问。菜装进自行车前筐里，我坐在自行车后座上。车骑进三团的时候，正巧遇到赵方文，他蹲在马路牙子上抽烟。

我爸说："哥在这儿干啥？"赵方文说："出太阳了，

晒会儿，热和呢。”我爸说：“中午饭还没吃吧，上我屋吃去。”赵方文吸了口烟，说不吃了。他嘴唇嚅动，像是想说什么，却没说。我爸说：“那我先回去了。”正要踩脚踏板，赵方文在后面喊：“兄弟等一下。”我爸刹了车，问咋的。赵方文欲言又止，最后还是嗫嗫嚅嚅地说了出来：“娃要买套校服，学校让的，硬性要求，六十块一套，你那儿手头不紧的话，能否借我点儿？”我爸摸了摸裤兜，说：“身上就三十块钱，这都是攒的，去单位要过好几次钱了，找会计吧，会计让找出纳，找出纳吧，出纳又让找经理，兜兜转转一大圈，问谁都白搭，没人管。”赵方文接过钱，说：“谢谢了，剩下的我再想想办法，等发了工资就还你。”我爸说：“说这些干啥，你帮我的可不少。”

钱没要到，但活儿还是要继续干，我爸依然早出晚归。我和赵敏同往常一样，晚上做完作业，就在胡同口推滑轮车玩儿。我爸回来得比以前晚，有时候天都黑了，才扛着工具走进巷子。那些时候，他看起来像是心情不大好，也不知道谁招他惹他。赵敏喊他夏叔叔，他也像是没听见，赵敏又喊，他才恍惚，嗯嗯地应两声。换作往常，他会让我们俩别玩儿了，快回屋写作业，但那些天不会，就像没看见似的。

看着他走远的背影，我和赵敏又继续嘻嘻哈哈，抢着坐滑轮车。我说："赵敏姐姐，最近咋不见你爸？"赵敏说："我爸忙着呢，每天下班回家很晚。"我说："我爸不也忙嘛。"赵敏说："你懂个啥，小屁孩，大人的世界我们不懂。"

我们不懂的确实蛮多，那段时间，我很少看到赵方文。有天深夜，人们都睡着了，隔壁传来摔碗的声音。我们家屋里充斥着我爸的鼾声，我爬起身，想确认吵架声是不是真的。下了床，仔细听，果然是赵敏家传来的。

摸着黑，我到我妈床边，推了推她。我说："妈，你快听啊，赵敏姐姐家是不是吵架了？"我妈这才从睡梦中醒来，用脚踢我爸，喊他快起来。拉开灯，我穿着裤衩冲出门，我妈一把把我往屋里拽。我爸穿好衣服裤子，出了院子，去敲赵敏家院门。半晌，才听见有人从屋里出来，是赵敏的声音，带着哭腔："夏叔叔，你快劝劝吧，他们打着呢。"我想跟着去看看，我妈没许，说明天上课，让我早点儿睡觉。

我压根儿没有睡意，他们俩去赵敏家后，我就猫在赵敏家院门口，听赵敏她妈数落，像是为赌钱吵架。赵敏她妈坐在床沿，一把鼻涕一把泪，赵敏她爸没吭声，任她骂，任她哭。大体意思，是说赵方文近来就没怎么去上过工，白天晚上泡在李家胡同，钱输了不少，今天晚上要不是赵敏她妈发现搁床底下的三十块钱不见了，还不知道他赌钱，就连平时骑的自行车也给输没了。

透过门缝，我看到赵方文，他坐在一张小椅子上，静默不语，和我爸各点燃一支烟。我妈坐在床边上，一边安慰赵敏她妈，一边劝大家和气，说的都是些客气话。别人家的事，再怎么管，也不好多说。

好一会儿，他们才从赵敏家出来，我趁势溜回屋里，躺在床上装模作样地睡觉。我妈和我爸没有睡意，俩人你一言我一语，讨论着赵敏家的事。

学前班后面有排小吃街，说是小吃街，其实是几个棚子搭的临时摊点，平日里卖菜的、卖水果的、卖凉皮的、卖鸡爪的，都往那儿聚。我见过卖凉皮的老太太数钱，某个黄昏，人群散尽，老太太收拾完摊子，把钱往围兜前一堆，零零散散的，全是些五毛一块的。我回家跟我妈说，要是我妈也去卖凉皮就好了，每天能数很多钱。我妈说："小孩子不懂，那摊位岂是想摆就能摆的。"

摆不起摊位，但还是能吃得起凉皮，我爸就带我吃过几次，再说了，凉皮摊也不远，离学校近着呢。

再次遇到赵方文，就是他去凉皮摊子买凉皮时。那天天气特别好，晚霞披到天边，通红一片。我爸妈没下工，反正回家没饭吃，我就蹲在地上和几个小伙伴打玻璃弹珠。赵方文骑着一辆自行车出现在摊位边，我老远就瞅见了他，蛮纳闷，他的车不是给输了吗，又从哪儿来的车？那车看起来也不咋新，细想，或许是别人的车，反正在三团，车子互换着骑也不是什么稀罕事。

赵方文从衣兜里摸出几张钱，要了一碗凉皮，又要了两只鸡爪，全部打包带走。他没有看到我，骑着车匆匆转过拐角，我丢下玻璃弹珠，跑到转角处观察他的去向。循着他的背影，我发现赵方文又去李家胡同。上次他家吵架，我才晓得，李家胡同是个赌窝，里面鱼龙混杂，乌烟瘴气，也不知道赵方文是赢了钱还是咋的，竟然有钱买好吃的。

看到赵方文进了李家胡同，我就跑回来继续打玻璃弹珠，要不是我爸踢我屁股，我都没发现他是啥时候下班的。他和我妈扛着灰浆桶，里面丁零当啷地装着废铁。

四

回到家，我妈去舀米做饭，一边淘米，一边跟我爸说：“米不多了。”我爸在门口洗手，他的手上全是水泥，整个盆的水都被染成了灰色。我爸说：“一会儿去买一包。”我妈说：“你身上钱够不？”我爸说：“不够咋的，你那儿也没钱啊。”我妈说：“吃了饭，你骑车把堆在院子里的废铁拖去卖了，再不卖，没准儿就被人偷了。”我爸说：“谁还稀罕这点儿废铜烂铁。”我妈说：“你别说，我就稀罕，我干活儿的时候，见一块捡一块，还有，我今天怎么觉得这米好像少了点儿。”我爸说：“别一惊一乍的。”我妈说：“可不是嘛。昨天做饭的时候，感觉要多点儿。”我爸说：“你怕是记混了。”我妈说：“哎，看来是穷人过穷日子，越过越觉得穷。”

吃完饭，我爸去推自行车，废铁堆在院子角落，叮叮当当的，全部捡进蛇皮口袋。我妈走了出来，“有些是铜，别混着了，价格不一样。”“我知道，有些是电线，拆房子的时候顺便捡回来的，积少成多。”我跟着瞎掺和，帮忙把东西装进袋子。我妈说：“快去写作业。”我说：“今天作业在学校就写完了。”我妈说：“那也得读书，老师教的拼音你都学会了？全懂了？”被我妈这么一数落，我心里顿时不舒服。我爸说：“嚷啥，他算听话的了。”

我爸把地上的废铜烂铁装进蛇皮袋里，绑在自行车后座上。不知道怎么的，我突然想和他一块儿去卖废铁。我说：“妈，我也想去。”我妈甩甩衣袖：“不许去。”我爸说：“他要去就让他去嘛，我路上也有个伴儿。”见我爸这么说，我更不依了，嚷着要去。我妈拗不过：“卖了就回家。”我爸说："可不是嘛，大晚上的谁还能去哪儿。"

出了门，我爸骑着自行车，我坐在大杠上，我们一路朝着巴扎骑。巴扎上有收废铁的，我妈带我赶巴扎，我就见人卖过废铁。自行车骑过大桥，我说："爸，咱这能卖多少钱啊？"我爸说："我也不知道。"我说："卖了能给我买面包吃吗，那种带奶油的。"我爸沉吟了会儿，不清不楚地说了个"嗯"字。我没再说话。

到废铁收购站，给我们称废铁的是个大叔，我爸递给那人一支烟，说："这秤准吧？"大叔说："准，别说称废铁，称金子都准。"我爸说："你这儿还收金子？"大叔说："只要你有，我就收，你别说，前段时间有个捡垃圾的，还真在废品堆里捡了只戒指。"我爸说："卖给你了？"大叔笑笑："商业机密。"我爸自嘲道："我咋没这运气呢，只要准就行。"大叔说："我这秤又不是称你一个人的，再说了，我收进卖出都是它，你就放心吧。"

我爸拎起蛇皮口袋，把废铁倾倒在地上，大叔和他重新分了下类，铜是铜，铁是铁，称了算下来，总共五十六块钱。

车骑到桥头，我爸说要买点儿东西。我们进了迎春商店，他问有没有米卖。老板指了指墙角，说："价格标着呢，选好了跟我说。"米堆在几口木缸里，我爸凑了过去，抓起米看，也看了看价格，问："价格不能少？"老板说少不了。我爸又问另一堆，老板说："那个你要的话，给你每斤少一毛。"我爸说："就要这个吧，三十斤。"老板说："行。"

称了米，我爸还买了盐，买了面条，买了酱油，但他好像忘记了给我买奶油面包的事，我观察了半天，他像是真忘了。希望是真忘了吧，我心里想。出了门，我跟着上了自行车，心里多少有些不愉快，但没表现出来。

五

我妈说家里来小偷了！

这事她似乎早有预料，那天中午，我爸回来，端着盆在门口洗脸，我妈刷完锅，坐在板凳上闷闷不乐。我爸倒了洗脸水，进屋，问她为什么不炒菜。我妈说："还炒个屁。"我爸说："咋了，谁惹你了？"我妈说："家里来小偷了。"我爸说："不会吧，怎么可能。"我妈说："怎么不可能，你把门关上，我给你细说。"我爸把门关上，我妈打开米袋，说前几天就觉得米像是被舀过，今早上特意放了根红毛线在里面，明明放在米中间的，刚才舀米发现那根红毛线跑到米底下去了；还有，油早上偷偷打了记号，用红色圆珠笔在桶边画了一道，刚才倒油发现油也少了。

我爸说："可谁有我们家钥匙呢？这锁也没被撬啊。"我妈说："这还用想？就你那猪脑袋。"我爸恍然大悟，"不可能啊"，一副念念有词的样子。"我倒真不希望是他。"我妈说。我爸说："别想了，饿着呢。"我妈起身，准备炒菜。边炒菜边说："最近他家都不到我们家来串门了。"被我妈这么一说，连我也这么觉得，好几天没见赵敏了，她爸更是神龙见首不见尾。我爸说："你要是信不过，咱们想个法子印印，俗话说，捉贼捉赃，捉奸捉双。"我妈说："印就印，谁怕谁。"我灵光一闪，插了一句："要不来个守株待兔。"我妈笑了笑："你还懂啥叫守株待兔？"我说："老师教的，寓言故事。"我妈说："行啊，厉害了，那我们就来个守株待兔。"我爸说："怎么个待法？"我妈说："晚上把窗户打开，别关，看有人溜进来不。"我爸说行。

吃完午饭，我背着书包去上学，我妈不说小偷还好，一说我还真听到有人聊小偷的事。几个大妈在村口搬砖，那砖是从旧房子上拆下来的，搬到屋檐下码好，又几分钱一块儿转卖出去。细听，她们嘀嘀咕咕的，说这些日子过得艰难，再不发工资，菜都买不起，晚上门窗得关好，谁谁家进了小偷，没逮着人，但知道是谁，见都是熟人，不想说破了毁他名声，希望他有自知之明。

我心想，会不会真是赵方文，要真是赵方文，他脸得往哪儿搁。一想到晚上小偷要进家，就能揭开真相了，我是又惊又怕，要是小偷偷不到东西，把人害了咋办，越想越觉得我妈这招行不通。

在学校的整个下午，我都在思考这事，我觉得应该给我妈讲，这做法行不通。晚上放学，吃过饭，我爸把后窗打开。我说："爸，万一不是赵伯伯怎么办，万一小偷偷不到东西，伤到人怎么办？万一我们三个都制伏不了他一个人怎么办？"我爸想了想，觉得有道理，他像是才意识到自己的鲁钝，敲了敲头，"看来我儿子比我聪明。"我妈说："还不是因为你爸他不相信我的话，这样吧，在门口搞点儿石灰，撒在窗台和屋后，不就知道是谁的脚印了。"我突然觉得我妈高明。搞建筑的，院子里不缺石灰，这玩意儿多着呢。

我爸铲了满满一簸箕细石灰，打开院门，睃了一下四周，见没人后，抬到屋后。我站在后窗边，帮他把石灰摊在窗台上，他在屋檐下也撒了薄薄一层。想到在钓小偷，晚上我就睡不着。我爸鼾声不断，我妈白天干活儿累，睡得沉，唯独我睁着眼睛睡不着，时不时地瞥向窗户，生怕从哪里一下子跳出个蒙面黑衣人来。或许是运气不好，我快睡着的时候，窗户那儿有动静了。窗帘是拉着的，我看不到外面，只听见窸窸窸窣的声音。

我轻轻晃了晃我爸的腿，他没反应。我又拍了拍他的胸口，还是没反应。不知道该用啥法子好，我想到电视里验证人是否死去的方法——用手指测鼻息，于是两只手指堵在我爸的鼻孔前，这下倒好，他打不了呼噜，差点儿上气不接下气，一下子醒了过来。我爸正郁闷，我凑到他跟前，说："爸，好像有人。"

屋里黑，我看不到我爸的表情，但能感觉到他身体因警觉一下子清醒过来，正竖着耳朵在听，窗台边确实有声音。我爸从枕头底下摸出一支电筒，他没有去掀窗帘，或许是怕小偷伤到他，他把电筒打开了，朝着窗户上射去。

砰的一声，像是小偷的落脚声。窗外顿时安静了。半晌，我爸站起来，侧着身子在窗户边，他一下子掀开窗帘，外面空空如也。

赵方文又开始上班了。有天早上，我妈送我上学，开门就遇到赵方文。我说："赵伯伯好。"赵方文说："小夏好。"我妈像是没看到他，俩人没打招呼。快走到学校时，我妈说："你喊他干啥。"我说："见到长辈不都要有礼貌嘛。"我妈说："少理他，不是好东西。"我说："为什么？"我妈说："小孩子家哪来那么多为什么，让你别喊就别喊。"

我妈说来偷我们家的就是赵方文，这话是在一天中午说的，那天我爸在炒菜，正往油锅里下蒜薹。我妈说：“听人说，有些人拿到工资了，你去问问吧，我估计着，这赵方文是领到钱了，没给你说，现在谁的脚都勤，就你像个木头呆子，马上过‘六一’了，我看你拿什么给娃娃买东西。”我爸说：“领就领吧。”我妈说：“领就领？你在八一煤矿的时候，还没被拖够啊？再说了，这会儿下岗的人多了去，这工程还能不能做都是一回事，能去领就赶紧去领了。”我爸说改天就去。我妈说，她比对过窗台和屋檐上的脚印，就是赵方文的。赵方文有双尖头皮鞋，穿在脚上好几年了，错不了。我妈还说：“这赵方文最近见了我，像是心里有愧，走路都走另外一边。”我爸说：“可能是心理原因，那天晚上我们谁也没看到小偷长相。”我妈执意认为就是赵方文，让我爸别再争辩，再辩就别吃饭了。

吃完饭，我爸要去上工，我要去上学，赵敏在巷子里玩儿。自从我妈叮嘱不许喊赵方文后，我见到赵敏都很少再说话了。本来不想搭理她的，她却先和我说话：“小夏，你去哪儿？”我回了回头：“去学校呢。”“你最近咋老躲我？也不见你玩儿滑轮车了。”我说：“没啊，我妈管得紧，让我好好学拼音，我好几次都听写不出来。”我觉得不这么说，她肯定会生气。

“你看这是啥？”赵敏踮着脚。那是一双新鞋，白色的。我说：“你买白网鞋了，真好看。”赵敏说：“我妈前天给我买的，漂亮吧，再过几天就是‘六一’了，你妈给你买啥礼物啊？”我不好意思，说我妈到了“六一”再给我买，然后背着书包转身就走了。赵敏在后面说：“你们今天还读书啊？我们今天放假。”我突然在想，到了六一儿童节，我妈会给我买什么礼物？要是其他小朋友都有礼物，我没有，那会不会很尴尬。上次和我爸卖完废铁，我说想吃带奶油的面包，他好像都忘了。

六

我爸要到工资了，没等“六一”节来临，我妈就带着我去赶巴扎。巴扎上热闹，维吾尔族大叔烤羊肉包子，隔着老远就闻到香味。我想吃，没好意思讲，站在摊子边不愿意挪步。我妈始终比我爸细腻，知道我的心思，给我买了好几个羊肉包子。口欲满足后，我也就没把奶油面包再记心头。

从巴扎回来，我爸正在门口生火，炉子熄了。地上堆着零散的柴火。我妈说：“早上不是燃着嘛。”我爸说：“走的时候忘记加煤了，燃过了。”炉子里冒着火焰，连同烟子熏得满院子都是。我妈领我进屋，让我试试新鞋子，和赵敏的一样，也是双白网鞋，我穿上后舍不得下地，在床上来回走了好几圈。我妈说："下来吧。"我跳下床，嗖地跑出门。我想去找赵敏，想在她面前显摆显摆。

我去敲赵敏家门，没人应，兴许是去巴扎买东西了吧，反正快过节了。我沿着巷子往外走，出了巷子口，瞅见好几个小孩在路边跳皮筋，大家都穿着新鞋子，有些还穿着新衣服、新裙子。我想凑过去玩儿，又觉得没什么意思，就漫无目的地走，希望能遇到赵敏。

快到大马路上，还是没有遇到赵敏，我又折回来，要到家了，却见赵敏正蹲在她家门口。我纳闷，我说："我找了你很久，你去哪儿了？"赵敏更纳闷，她说："你找我干吗？"我心想，不能说找她为了显摆。就说："找你玩儿呗，你看我妈给我买的新鞋子，漂亮不？"我把脚尖抬了起来，生怕她看不到。"我没心情。"她说。看她样子挺丧的。我说："你怎么了？"她说："我妈不见了，找了一上午，都没看到她。"我惊讶道："不会吧，怎么回事？"她又气又恼，说："和我爸吵架了，昨晚上就吵了，中午我睡个午觉起来发现她不见了，我爸也不见了。"她说着还带着哭腔。我说："你别担心，我去找我爸。"赵敏蹲在地上，嘤嘤地哭了起来。

我爸问咋回事。我说赵敏她妈不见了。我爸从屋里出来，拽着我和赵敏，说去巴扎看看。我们跑到马路上，没有遇到她妈，又继续朝巴扎方向跑，巴扎上人头攒动，瞅了好半天，也没找到赵敏她妈。我和赵敏走累了，我爸在商店里给我们各买了一瓶汽水。我说："赵敏姐姐，你妈会去哪儿了呢？你家有啥亲戚没？"赵敏说没啥亲戚。我又继续问，赵敏不耐烦了，问我烦不烦。我赶紧闭上口。

太阳挺大，晒得我直冒汗。我爸说："再往前走走吧。"我们顺着巴扎继续往前走。快走到三岔路口时，车子越来越多，扬起漫天灰尘。远处有个妇女坐在马路牙子上，披头散发，我瞅那身段像是赵敏她妈，又不敢确定。赵敏眼尖，老远就喊了出来，扑着往那边跑。

那场面挺尴尬的，我和我爸伫立在一边，赵敏趴在她妈怀里哭。她妈此时蓬头垢面，身上、腿上还有脚印，看得出，是被赵敏她爸打的，不过我怎么想，也没想到她爸会动手。见她娘儿俩哭够了，我爸说："嫂子，我们回去吧。"她妈低着头，啥也没说，就牵着赵敏往回家的路走。

那以后，赵敏她妈消沉过一段时间，每日闭门不出。赵敏上下学都在我家吃饭，有时候我妈做好了，让我端过去，讲实话，我挺害怕见到她妈的。那年夏天，赵敏老是在我们家吃住，赵敏她妈或许也过意不去，总算有一天回过神来，开始上工干活儿，不再蓬头垢面。

至于赵方文，那个夏天我们都没见过他，也没人知道他去哪儿了。听赵敏说，他爸不见的头天，又输钱了，她妈把发的工资藏在床底下，被他爸翻了个底朝天。她妈和她爸理论，追着要钱，一路追到巴扎上，钱没要着，还挨了顿打。她觉得她爸是个混蛋，但又有些想他爸。

有人说，在拜城县周边的煤矿上见过赵方文，还有人说，他早就回内地了，重新找了个婆娘。这些都无从验证，但有一点是真的，直到我小学毕业，我爸也没收到过赵方文还他的钱，他更没把赵方文借他钱的事说给赵敏她妈听。

赵敏小学毕业后，她家就搬走了，随着搬走的，还有工三团里其他工人。为了送我读书，我们家始终住在那间不大的平房里。

有年冬天特别冷，有个叫花子游荡到巷子口，游着游着，跑到了我们家隔壁废弃的屋里避寒。我妈想赶他走，我爸没许。那天晚上，我爸拎了一笼炉火出来，烧了柴，加了点儿煤，让乞丐就着炉火烤。

烤着烤着，雪就下了起来，那乞丐问我爸，有白烧没。我爸回屋，从屋里端了盘吃剩的卤猪耳朵，顺带抄了瓶白烧给他。那人喝得尽兴。喝着喝着，竟然哭了起来，有人说，他哭的样子像赵方文，也有人说，他哭得像个小孩。

我的喀普斯朗河

一

我想了想，还是把屋子收拾干净，姬甄来的时候，总不能看到我这样。扫完地，我把桌子挪了挪位置。桌子是上任工友剩下的，三合板压制，绿色的，掉了不少漆。桌上的废铜烂铁被我收进一只纸箱，都是些零碎的钟表零件。平日里下了工，我就喜欢鼓捣这些玩意儿。墙上挂满闹钟。大伙儿说我：“你除了爱修表，就没别的爱好了？”我说：“还真没有。”

夜深人静时，我就喜欢挑着台灯，手里攥着细螺丝刀，看眼前被拆开的表在发条的作用下，嘎嗒嘎嗒地走动。当然，墙上的那些钟也嘎嗒嘎嗒地走动着。很多时候，我会闭上眼睛，确定它们走动的声音是否一致，还有些时候，我会让自己沉浸在这种声音里，仿佛时间是一种能听得见触得着的东西。

姬甄来时，我收拾得差不多了。肖伟所剩的几件棉衣被我叠得整整齐齐，妥善装在黑色塑料袋里。姬甄站在门外，手里拎着个塑料袋。我说："进来啊。"她方进来。我环视屋内，顺手抄了个塑料凳给她。她把东西放在桌子上后，坐了下来。

我说："你也别太难过了，事情不想发生也发生了，日子还得过。"她没说话。不知咋的，一行眼泪从眼睛里滚出来，我手足无措，不知道是不是说错了什么。以前没遇上这种情况，说实话，我也没恋爱过，更不懂得如何安慰女生。我摸了摸裤兜，掏出几张揉得有些皱的纸巾，犹豫再三，还是递了过去。姬甄没接我的纸巾，她兀自站了起来，用衣袖抹了抹眼泪，抱起桌上肖伟的衣服就往外走。我说："你桌子上的东西不拿了？"她没理我。

我和肖伟以前同住，自打他和姬甄恋爱，他就搬出去了。想想，一晃好些年过去了，谁承想，今天会成这个样子。时间改变了一切，改变了所有美好的事物。

来铁热克镇时，是 1997 年的夏天，我们才二十岁出头，风华正茂。火车从陕北穿过，进入宁夏，进入甘肃，再进入新疆，车窗外是云腾雾绕的秦岭，是一马平川的关中平原，是地窖与苹果园相间的小农人家，是漫无天际的向日葵地。看到戈壁的时候，姬甄从欢悦转向忧愁。我把车窗推高，风呼呼地灌进来。姬甄说："旱成这样，我们吃啥？"肖伟笑道："来之前我已经了解过，新疆野兔多，这戈壁滩看着荒凉，可正因如此，迫使这儿的兔子繁殖能力超强。"彼时，我和姬甄总会很有默契地相视一笑，意思是，我们三个中间，肖伟永远是那个最理智、最乐观的人。

风一阵阵灌进来，火车驶进一片辽阔的草原后，每隔一段距离我们就能看到一个站岗的哨兵，我们三个把头探出窗，向哨兵们挥手作别，似乎只有以这样的方式，才能挥洒在我们身上储存过多而要溢出来的青春。

到达火电厂后，姬甄被安排到化工科，肖伟被安排到宣传科，我则去了燃运科。都说化工科的姑娘长得不好，姬甄偏偏是个例外，用大伙儿的话说，三百六十度无死角。鼻子高挺，眸子深邃，肤如凝脂，我能想到的形容词就是这些。初到火电厂，不上班的时候，我们就去喀普斯朗河捕鱼，或者驱车到雪山下兜风，那是天山南麓的山脉，坐落于山脚下的木屋，门前就是一条蓝色丝带般的河流。别说，有几次我们真遇上了野兔，只是怎么追也没追着。在草地上，不只有野兔，还有旱獭。我最爱和姬甄在草地上寻找旱獭，那种胖乎乎的小动物，憨态可掬，常常逗得姬甄忍俊不禁。那时候，姬甄爱同我单独出去玩儿，只是我比较木讷，出去的次数多了，也没什么实质性的表示，渐渐地，她就不大愿意出来了，总是用三个字回绝——没意思。是啊，每次都是去河边，或者去山上，去久了，确实没啥意思。

再后来，姬甄就同肖伟恋爱了。我后知后觉，发现时他们已经在一起了。有些话本想说出来的，藏久了，却发现已经错失良机。他们恋爱后，肖伟买了一辆力帆摩托车，姬甄坐在肖伟身后，双手环住他。俩人去戈壁滩玩儿，车子拉动油门，突突突地从桥上疾驰而过。我刚好在桥底下钓鱼，才意识到自己不能再做电灯泡了。那以后，我有意同他们疏远，准确地说，也不算疏远，算是不去打扰吧。之后，肖伟和姬甄结婚，婚后我同他们联络得更少，就像普通同事。据说两年前,他们有过一个未出生的孩子,不知什么原因,没能保住。祸不单行，半年前，肖伟也没了。

二

我还是决定送送姬甄，火电厂效益不好，前几年排污量超标，说被上面盯上了，今年来查过许多次，搞得厂子上上下下人心惶惶。有些人给裁掉了，还有些等着辞职，我居住的那排厂房以前热热闹闹，这会儿好长一排平房，见不着几个人住。80年代修的厂区宿舍，如今年久失修，看上去斑斑驳驳，破破烂烂。

把姬甄送出大院，我说：“改天吧，改天我们去看看肖伟。”她转过身注视着我，阳光明晃晃的，有些刺眼。她虚着眼睛，刘海荡到额前。她用手捋了捋，没说话，转身离开了。

我想沿街走一会儿，立冬后，铁热克镇街上人更少，人们宁愿窝在家里看电视，也不愿出来溜达。到桥头时，刘老汉正在补鞋，嘴里碎碎念，不知道骂些什么。我前些天交给他一双鞋，还没见补好。我说：“刘叔，我的鞋补好没？”刘老汉抬头看看我，慢吞吞地问：“那双褐黄色的皮鞋啊？”我说：“嗯。”顺势从裤兜里摸出一盒烟来，递了一支给他。他接过，在地上的竹筐里翻找我的鞋。我蹲下来抽烟，鞋已经补好了。天气难得这么好，我就想晒晒太阳，抄他身旁的小板凳坐坐。

我说：“刘叔，你到这儿多少年了？”他没正眼看我，边补鞋，边瞅着对面的面馆，说二十多年了。他弯下腰捡一块碎皮，碎皮在他手里就是宝贝，只要上了补鞋机，咯噔咯噔的，随着他一只脚踩动，那张碎皮旋转三百六十度，就成了一块大小均匀的材料。刘老汉抄起身边的剪子，按住皮子的边剪下，再像刚才一样补上去。补鞋对他来说，已经是极其娴熟的活儿。

对面面馆的门帘掀开了，出来一对男女，是老鹰子，跟在她身后的男人看不清脸。瞧那模样，不像是本地人，四十来岁，剪一短寸，胸口挂着金链，膀大腰圆。我心想，也不知道啥时候勾搭上的。刘老汉脸色不太好，没说话，能看出有些气鼓鼓的。不知道为啥不高兴，我拿起鞋起身决定回去。走到厂区宿舍大院门口，老鹰子和那男的在吃街边小吃。这俩人还没吃饱吗？我心想，没给她打招呼，她这人嘴巴厉害，在火电厂出了名，什么事到了她嘴里，黑的能说成白的，小的能说成大的，传播力特强。她在身后叫我：“小夏，你没去找姬甄？”我回过身，她脸上挂着笑。“前几天我可看见她来你这儿了啊，你们俩最近走得蛮近。”我不太高兴，没理她，这说的什么话。她又笑道：“还不理姐姐啊，看把你嘚瑟的。我听说，肖伟死后他家得了一笔不菲的赔偿金，姬甄好像一分没捞着，真是可怜。”我没给她好脸色，回了她一句：“管好自己的事吧。”回到屋里，我打开姬甄落在桌子上的塑料袋，里面装着纸钱、香烛，她是想让我同她去烧纸。

天气转凉后，燃运车间比原先忙。大伙没日没夜地加班，工资却不如从前。有时候累了，我就坐在运输皮带边睡觉，盯着皮带上黑黢黢的煤炭发呆，心里郁闷，好好的，肖伟怎么说没就没了呢。这天，我下了早班，在澡堂冲了个澡，决定去找姬甄，她车间闹哄哄的，工友们说她已经回去了。我想趁下午不上班，和她去看看肖伟。

到姬甄家，她屋子门锁着，我正打算走，她从屋里出来，一股热气随之往外冒。她才洗过澡，我有些不好意思，不知道该不该进屋。我说："东西我都带来了，你要是得空的话我们去看看肖伟。"她揉着头发，说："进来吧。"我进了屋，在沙发上坐下。姬甄给我倒水，揉着头发进了里屋，让我等她。

三

风有些大，呼呼地吹着。好在有太阳，天空湛蓝。我蹲在地上烧纸，手里握着一根棍子，一边撬松叠在一起的纸钱，一边往嘴边拉围巾，还把肖伟的棉衣烧了。烟气熏人，直往眼睛、嘴巴里钻。

姬甄站在坟前，一身黑色羽绒服，头发吹得凌乱。她一边捋着刘海，一边向肖伟敬香。我说："他爸妈没想过带他回去？"姬甄说："年纪大了，家里穷，加上孩子多，所以……”

我明白姬甄的意思，没继续问。肖伟出事的那天，燃运车间紧急集合，领导召开工作部署会议，再次强调安全生产，生命大于一切。我怎么也想不通，他一个宣传科的人，跑到冷却塔去干啥？有人说是去网鱼，也有人说是失足。总之，捞上来的时候已经断了气。好不容易联系上他在内地的亲人，赶来的时候，尸体都火化了。厂子领导也没推诿，赔了十四万块。只是这钱，姬甄一分没要，全给了肖伟父母。肖伟父母好在开明，知道他俩结了婚，没小孩，对于姬甄，以后要去要回，那是她自己的事，和肖家没半点儿关系。

我点燃一支烟，插在肖伟坟前。起身，自个儿又点燃一支抽起来。烧完纸，姬甄在肖伟坟前磕了几个头，她像是要和肖伟说点儿话，我怕她尴尬，独自朝路边的树丛里走去。

其实读书那会儿，我就挺喜欢姬甄，现在也喜欢，只是性格内敛，做事瞻前顾后，从没把心里话说出来。可回心想想，这会儿要是和她好，又算是哪门子的事？对得起肖伟吗？就算对得起肖伟，我心里似乎也有过不去的坎，父母能理解我娶一个已婚之妇吗？

秋风萧瑟，路上到处是散落的杨树叶子，从墓地回来的这个上午，姬甄和我静默着，彼此都不知道该说些什么。

快到镇子时，我想问她一句话来着，话到嘴边，觉得还是不太合适说，至少时间上不太合适。厂子这几年效益不好，肖伟去世后，人们常在底下窃窃私语，说厂子坚持不了多久了，原来的厂长也换了，去了别的地方，新来的厂长不抓生产，天天钻头觅缝讨好上级，大家都在为各自未来筹划着。要是厂子真倒闭了，我们得去哪儿呢？还回不回内地？回的话，姬甄会走吗？肖伟现在算是彻底睡在这片异乡的土地上了。

走到桥头，刘老汉老远就朝我招手。姬甄见状，说她先回家。我朝刘老汉走去。我说："刘叔啥事？"刘老汉说："你是不是会修表？"我说："会点儿，咋啦？"他说："上次补鞋那钱我不收了，你帮我修一只表行不？"他年纪大，人也实诚，我没拒绝的理由。我说："行，不过钱我还是要给你的。"他说："那你先忙，改天我去找你。"我说："行。"

我那屋比往常潮湿，我把棉被找出来，挂在门口的铁丝上晾晒，紫外线强，兴许能杀死部分细菌。屋子里太乱，哪怕收拾过，还是感觉乱糟糟的。我又打扫了一遍，把屋里没用的玩意儿全扔了。快到饭点，我准备去食堂吃饭，走到院门口，姬甄来了。她说："上我那儿吃饭去。"我环视四周，人来人往的。我说："算了吧，食堂吃方便。"她说："随你吧。"说着，随即转身。我说："好吧，那我还是去你那儿吃。”

进屋，一股暖流迎来。我说：“你这里到底比我那里暖和。”她说：“我这儿有暖气，你那儿没几个人住，厂子都不愿意供暖了。”“是啊。”我一边说着，一边坐了下来。姬甄炒了几个菜，西红柿炒蛋、宫保鸡丁、鱼香肉丝，还有回锅肉。我说：“过年要回武汉不？”她夹着菜，沉默了下，说回不回都一样，哪儿都是家，哪儿都不是家。我明白她话里的意思，早知道不该问的。我同姬甄，比同肖伟认识得早。那会儿我们在武汉读大专，同班，五六十个人，但从没主动找她说过话，三年里我们没说超过十句。选工作地址时，学校把我们三个分到一起。肖伟比我开朗，认识没出几天，就和姬甄熟络起来。

那时候，姬甄应该是有所察觉的，只是彼此心照不宣，她没搞懂我的心，我也没搞懂我自己，明明心里念着，偏偏要躲避。男女之间的事情，说白了，一个眼神就能感知得到。有时候我偷偷瞄她，她发现了，转过脸装作啥也不知道。若我仔细看，准会发现她有些脸红。很多时候，我觉得她对我应该是有些好感的，只是隔在我们中间那层纸，始终没被捅破。

四

“你呢？你要回家不？”姬甄问我。我说：“回吧，去年就没回，我爸妈挺想我的。”姬甄“哦”了一声，没再说话。良久，她说：“阿楠，我想问你个事情。”我说：“什么事？”她说：“算了吧，没什么。”我说：“你说吧，什么事？”她说：“真没什么。”我说：“说吧，有话就说。”她看了看我，问道：“我这人是不是很差劲？”我说：“哪方面？”她哽咽了一下，说哪方面都有。我说：“你挺好的，不存在差劲，谁敢说你差劲？”她说：“没谁。”

吃完饭，姬甄说不知道咋回事，最近这片断水了。我说：“那今天的水从哪儿来的？”她说：“去水房挑的。”水房那段路，说远不远，说近不近。长长一排宿舍，现在没人住，水房在宿舍的底端，夏天里有人洗衣服，冬天里供暖管到这儿就独头，哧哧地冒着热气。热气一释放，四处弥漫，白寥寥的，人置身其中，仿佛进了云层，啥也看不见。

我说：“怪不得喊我吃饭，敢情是要我干活儿啊。”她说：“我可没说请你挑水，你愿意挑就挑，不挑拉倒。”我说：“你还生气了？”她没说话，收拾碗筷。我说：“饭都吃了，哪敢不挑。”

我在前，她在后，沿着荒废的水泥路朝前走，这条路走的人少，两边杂草丛生，枯败萎靡，脚从草里过，能沾出好些草屑。快进那片乳白色的雾气时，我让她别进去，就在原地等我。她站在外面，抬头注视着挂在屋檐下的冰凌。我摇着扁担，嘎吱嘎吱地走进雾气中。水房里暖和，水管不结冰，不会堵塞，随意一拧，水就来了。接好水，我又和姬甄朝着她家方向走。她说帮我换，我说一个人能行。“以后每周一、三、五，我给你挑水吧。”我说。她说：“行。”我说：“你也不说句客气话。”她说：“你还想让我咋客气？”

从姬甄那儿回来，到桥头时，刘老汉还在补鞋。我说：“刘叔，你那块坏了的表带在身上没？”他说：“就是手上这块。”说着，从手腕上摘了下来。他说快忙完了，让我抽烟等他。我抽着烟，他问我：“你是不是和姬甄好上了？”我说：“哪儿的话。”他说：“那姑娘挺好的，言语不多，待人平和。”我吐了口烟圈，说还没到那一步。他笑道：“听你这话，还是有朝那步发展的念想的嘛。”他这么说，我才觉着，姬甄似乎真没从我心里走出去过。我说：“现在在一起，不知道合适不。”他说：“咋会不合适？”我说：“不晓得。”他说：“你是嫌弃人家结过婚？”我没说话，继续吸了一口烟。他补充道：“这年头，但凡恋爱的哪个没睡在一起，结婚和不结婚区别也就是一张纸而已，对一道法律程序罢了。”我心想，话虽这么说，可红纸黑字，板上钉钉的事，像是写进历史一样，涂也涂不掉。这么想着，我都感觉自己老封建。刘老汉又说：“不过回心想想，你这样纠结也正常。”

刘老汉补完鞋，说先这样吧。我说：“你不修表了？”他说：“改天吧，改天去你那儿。”说着，他收拾东西，准备回家。他一边用一张废弃的三轮车篷布把工具盖住，一边自言自语：“年轻时候喜欢就趁早，不要挑三拣四，像我这把年纪了，就晓得啥叫孤独了。”

天气越发的冷，铁热克街上行人寥寥，偶见两三个行人，俱是匆匆忙忙。每周一、三、五，我都按时给姬甄挑水。有天她从茶几上递给我几只鞋垫，说从街上买的，也不知道合我鞋码不。我说：“四十，应该合适。”挑完水，我照常回宿舍，没在她那里久留。长期挑水，哪儿会不被人看见，久了，背地里议论的声音就有了。走在街上，老感觉嗑瓜子都有人在讨论自己。姬甄倒好，像个没事人似的。

老汉拿表到我那里修的那天，我修完表，从床底下翻出一副象棋，和他俩人有一着没一着地下着。他说“踏马”。我说“拱卒”。他说“飞相”。我说“出炮”。他说：“跟你说个事。”我说：“啥事？”他说：“前几天我看见老鹰子去找姬甄了，带着一个男的。”我有些诧异，问哪个男的。他说：“北厂那边的，那人以前我见过。”我踏了个马。他说：“吃。”一颗炮踩在我的马上。我说：“那人干啥的？”他说：“做生意，开了个录像店，人外表看着老实，实际不咋样，脾气暴，还好那口。”我说：“好哪口？”他说：“就喜欢街边站着的那些女的，他之前老婆跑了，不知道为啥跑的。”我说：“将军。”他说：“我划士。老鹰子爱给人做媒，我劝你还是了解下，免得后悔莫及。还有，你这屋子，冷清清的，黑暗暗的，要我说得改善改善，人家姬甄来你这里也好有个坐处。”刘老汉的话像一块石头，一下子砸进我心里，荡起一圈浪。关于老鹰子，大伙儿对她印象不怎么好，人也不坏，就是嘴巴大，什么风到她嘴里准能吹出大浪来。

可能是说了交心话，刘老汉到我那儿下棋就勤了起来，我们聊棋，也聊生活琐事。有天夜里，我从外面炒了两个小菜，抄了四瓶二锅头，俩人喝得尽兴。烧酒下肚，刘老汉就啥话都向我倾吐，原来他身上一直藏着不为我们所知的秘密，我不知道他为什么会告诉我。我说：“你怕老鹰子，难道不怕我？”他结结巴巴，说：“怕，怕啥，你也是，有，有秘密的人。”我们俩都哈哈大笑。

我确实有秘密，我把自己暗恋姬甄的事情告诉了老汉。老汉说：“你这算个屁的秘密。”他说喝多后，人看什么都不是东西。他趴在桌子上，有些动情，伤心得抽泣了起来。他说，我那也不算是秘密，如今回头来看，真不算什么秘密了。他想明白了，说本来打算警告老鹰子跟班的，现在想想，没那个必要。“有什么必要呢？”他反问我。我说：“刘，刘叔，确实没，没那个必要。”

我们俩喝高了，他趴在桌子上睡觉，我躺在床上动不了。钟表嘎嗒嘎嗒地走着，我们俩都沉浸在各自被麻醉的世界里。

五

姬甄给我买了一双大头皮鞋，我有些错愕，不知道怎么谢她，问多少钱，她不高兴，“谈钱就别来我这儿了，你帮我挑水，给你买双鞋也是天经地义的事。”拗不过她，我换下脚上的旧鞋，穿上新的，还别说，大小适宜，挺舒坦。

我们沿着废弃的水泥路走，姬甄照常跟在我身后。水房外的雾气比之前浓重，喷得四处弥漫。地上的水汽结了厚厚一层冰，我差点儿摔了一跤。姬甄要继续走，我让她别动。我说：“你就在那儿等我。”进了水房，吓我一跳。老鹰子也来挑水，跟着她的，是那个戴金链子的板寸男人。俩人正抱着，见我进去，老鹰子一下子挣脱开来。我挺不好意思。老鹰子说：“你也来接水？你们那儿没断水吧。”

我知道她话里有话。我说："帮姬甄挑水。"老鹰子脸上不高兴，说："水满了。"那男的去提水，挎起扁担，俩人就出去了。

从水房出来，姬甄站在外面，双手戴着手套，不停搓着，嘴里哈着气。我说："冷吗？"她说："还好。"老鹰子和那男的走远了，身影消失在前方拐角处。我说："跟着老鹰子那男的是谁？"姬甄看看我，说："我怎么知道？"我说："我还以为你晓得呢。"她说："你这人奇怪了，我咋会晓得？看样子是她相好的吧。"我说："你咋晓得是她相好？"她说："一天上上下下的，是个猪都能认出来。"我说："你的意思是我还不如猪喽？"她说："我可没说。"我说："那就对了。"她说："你比猪还笨。"敢说我比猪还笨？我心里不服，质问她："照你的意思那我们俩天天上上下下，也是相好了？"她朝我背上打了一拳。她说："去，赶紧挑你的水吧。"她把话题绕开，说："你猜老鹰子来找我干吗？"我说："猜不到。"她说："借钱，还说给我介绍个对象。"我眼睛一亮，心想，老鹰子果然干不出好事。我问她，老鹰子要给她介绍谁。她定睛看着我，"你很关心这事？"我不知道怎么回，说："问问不行啊。"我停住脚步，换只肩膀。我说："怕你遇到不好的。"她似乎有些认真，笃定地站在我面前，"啥叫不好的？"我说：

“比如脾气大的，有家暴的。”她说：“你呢？你脾气大不大？”我支支吾吾，说不知道……

姬甄留我吃饭，我没吃。这个中午，我把围脖裹得紧紧的，沿着街道一直往前走，在三岔路口找了家酒馆。这家酒馆是铁热克的老招牌，只需十五块钱，就能坐在楼上喝一整天。我坐在靠窗的位置，边喝啤酒边吃榨菜，越喝越冷，越冷越想喝。

窗外行人匆忙，各类运煤车碾轧着坑洼的路面哐当哐当地驶过，有人推着手推车在路边叫卖，远处的烟囱冒着滚滚浓烟，这座小镇因煤炭兴起，如今却因煤炭渐渐衰落。电视里放着各种迎新春的广告和综艺节目，外面零星的爆竹声随之应和，有那么一小会儿，我突然有些想家，不知道要不要回去。对于姬甄，我到底该不该选择？想到过年期间，人们各自回到热闹的家中，团团圆圆，红红火火，举杯庆贺，促膝畅谈，一起吃着饺子汤圆。而她呢，会不会一个人冷锅冷灶。

从酒馆出来，夜已经黑透了。街上几个小孩嬉闹，把擦炮丢在路边的冰块上，炸起冰花。还有小孩把擦炮丢进钢管里，砰的一声炸得像放大炮似的。看着他们窜来窜去，我没有半点儿喜悦，反而心生厌恶。

我径直朝着宿舍大院走去，院子里不知道什么时候蹲着一个人，瞧不清脸，我想绕开的。那人抬起头，说："兄弟你回来了。"我停住脚步，是老鹰子的跟班。他站起身来，从兜里摸出一盒烟，掏出一支递给我。我接过。他摸出火机，打火。我说："我自己来。"他说："兄弟，我向你打听个事。"我说："你讲。"他说："你这几天有没有见刘老汉？"我说："见了，怎么了？"他说："你要是再见到他，帮我给他传句话。"我说："什么话？"他说："他老了，论文论武都敌不过我，他走他的阳关道，我过我的独木桥，多年前屁大点儿的事情，希望他看得开点儿。而我的事，他也少管点儿。"

我说："你能说清楚点儿吗？"他说："这事说不清楚，说清楚了就不是事了，这样吧，你就按我原话转告他，你听不懂，他能听懂就行。"

整个晚上，刘老汉都没有来我这里。也不知道刘老汉是不是察觉到了什么，那几天硬是没见着他。每次留意桥头，都不见他摆摊的身影。

六

人们把电影院围得水泄不通，我让姬甄把身份证给我，她站在门口的石阶旁等我。挤了好半天，才挤到售票窗口。那人说："要几张啊？"我说："两张。"从售票员手里接过票，我又不断朝人群外面挤。

那段时间，春节的气息越发浓重起来，久不开业的电影院每隔两天就放映一部电影，武侠的、爱情的、枪战的，都有。姬甄想看黎明和张曼玉演的《甜蜜蜜》，可在家用 VCD 看过后，电影院就从来没有播过。这天晚上放的是刘德华、张家辉主演的《赌神 1999》，片子才上映没多久，看过的人也来买票看，不断给身边人剧透。我没心思听，心想，多好的事情，期待感全让这些人给毁灭了。

跟着人流挤进剧场，偌大的电影院没有丝毫喜感，电影光怪陆离，场景转换特别快，刘德华和朱茵接吻那段，很多人在下面起哄。抽烟的抽烟，吹口哨的吹口哨，哪有点儿工人的样儿，整个就地痞流氓和街边小混混。从开片到剧终，剧场里充斥着各种嘈杂的争论声和缭绕不断的烟味。

姬甄捂住嘴，走出电影院就趴在路边垃圾桶旁吐。我说："味道太重，下次选个人少的时间来。"她没说话。我们沿着回去的路走。快到她家时，她停住脚步，转过身看着我，说："老鹰子前几天又来找我了。"我说："她又来干什么？"她说："就是上次要给我介绍的那个对象，说想约我见个面。”我说：“那你答应没？”她说：“我还没想好。”我没说话。我们继续沿着马路走。她说：“我思来想去，人一辈子就是这么回事，听说那人挺老实，应该能包容我。”我不知道她指的包容是什么，这句话从她说出口后，我反而不太自在，不知出于何故，脸瞬间就红了，还有些微热。我从兜里摸出一支烟，静静抽着。夜风有些大，扬起姬甄风衣的下摆，很快到她家门口，她说：“早点儿回去休息吧。”

我没有回宿舍，沿着马路继续走了一小会儿，抽了不少烟，想找个人说说话，不知道该找谁。几天没见刘老汉了，也不知道他跑到哪儿去了。我决定到他住处看看，放电影这么大的事，全镇有一半人来看，竟然没见他的身影。

他家住在桥头不远处的工人街，我一直朝那儿走，拐了好几个胡同。那地方我以前去过，是去拿补好的鞋。院门没锁，一推就推开了，里屋亮着灯，有些昏黄。我敲门，他开门后一脸诧异。我说：“大晚上到你这儿，不算打扰吧。”他说：“快进来。”

我们俩喝茶。我说：“这几天你跑哪儿去了？”他说：“办点儿事。”我说：“啥事？”他说：“你真要听？”我说：“前几天老鹰子的跟班找我，让我传话给你。”他说：“你不用说，我也知道。”刘老汉抬起杯子，抿了一口茶。我说："老刘，刘叔，我问你句真话，他是不是和你有啥过节？"老刘双手握住杯子，一脸郑重，"过节谈不上，我是无意中知道他和我同村，你说这个世界怎么会那么小？我出来几十年了，以为逃避了过去，逃避了村庄，却不想在这里遇到旧人。我以为他知道我的事，起初我去找过他，警告他，后面发现没这个必要，因为他对我的事不感兴趣。这几天，我每天跑到河边静坐，渐渐明白许多东西。"

刘老汉讲到这里，我大概明白他话里的意思。这事刘老汉之前和我讲过，他十八岁那年，娶了隔壁村的一个女子，洞房花烛夜圆房未成，尔后半年时间，他竟然没有经历过一次鱼水之欢。消息就这样不胫而走，刘老汉成了几个村上下出名的性无能，在当时，这是极大的侮辱。村子的封闭，使他的新闻像炸弹一样炸开，成了人们茶余饭后的谈资，而周边没有任何人家愿意再把姑娘嫁给他。刘老汉陷入孤独和迷茫之中，一气之下，带着行李远走他乡。

我说："你在河边发现了什么？"他说："你想知道的话，我明天带你去看看。另外，这人不靠谱，他让你传话，是因为他想打老鹰子的主意，老鹰子的苦头在后面呢。"

七

这个昏黄的上午，我和刘老汉来到喀普斯朗河边，水流潺潺。河流两边结起厚厚的冰层，唯独河中央能见水流。好在不算枯燥，我们各自带有鱼竿。老汉说，他几十年来一直以为自己战胜了孤独，却从未发现，原来一直没有真正地处在孤独中。我说："那是因为你身边还有我们这些人。"他说："不是。"我对他的话表示迷惑。他说："你玩儿过打水漂吗？"我说："小时候常玩儿，可这儿没有薄片的石头。"他说："你用鹅卵石砸下试试。"

他从河边捡来一堆鹅卵石，一股脑儿丢在我面前的冰床上。他说："你丢一个试试。"我说："这样会吓跑鱼。"他说："我们本来也不是来钓鱼的。"我捡起石头，朝河中间砸去，咕咚一声，溅起点点水花，接着河流归复平静。我说："丢了。"他笑笑："你得继续丢啊。"我继续丢。他说："你把自己想成砸在河里的这些不起眼的石头，你就不会再纠结姬甄的事情了。"

我始终没有明白他的话，可能他上了年纪，看的东西比我深比我透。回到小镇，我们随意吃了点儿东西。他先回家，我在街上买了点儿墙纸，决定把宿舍糊一糊。到宿舍后，我把屋子重新装点了下，整个屋子看起来比以前敞亮许多，从来没有这样温馨过，想想还差点儿什么，还差只新的台灯和一台新的 VCD……

我打开 VCD，选了几首舒缓的音乐。躺在床上，不知不觉地睡着了。很快进入梦乡，我被带到一座繁华的都市。那里或许是贵阳，或许是成都，又或许是武汉，总之不是铁热克镇。我站在天桥上，眼下车子川流不息，人群摩肩接踵，各自奔忙，唯独红绿灯在固定的时间节点上绿了又红，红了又绿。我转身冲下天桥，朝着路边暂时停靠的公交车跑去，不知是多少路，也不知道它从哪里来，要开去哪里。就这样，我跟着人群往前挤。车门关闭的时候，我眼前一亮，前面用手扶着车杆的姑娘侧脸与姬甄极其相似，可她始终没有转过身来。我想喊她，不敢确认。公交车驶过好几站，在一处站牌前停靠，那姑娘下了车，我紧跟其后。人群蜂拥而至，我不小心被马路牙子绊了一下，差点儿摔了一跤。待转过神来，那姑娘已经消失在人群中。我十分恼火，环顾四周，全是高楼与陌生人，怎么也看不到她了，不晓得该朝哪个方向找。我顿时心急如焚，一下子从梦中惊醒过来。此时，我的手正平放在胸口前，我感觉心跳剧烈，扑通扑通的。幸好是一个梦，我暗自庆幸，回心一想，我在庆幸什么呢？我又在焦急什么呢？

新年的跫音越来越近，坐在屋里修表，时不时地能听见外面传来的各种爆竹声。刘老汉找到我，说老鹰子出事了。我满是狐疑。他说："被那男的骗了，这会儿钱被裹走了，坐在家里哭哭啼啼，当时那男的就警告我，说他不抖我的事，我也别坏他的局，我都五十好几的人了，身边那些老头儿又有几个在那方面是能行的，男人嘛，到头来都要走到这一步，只不过我是比他们提前而已。"

我没心思听他的感慨。收起桌子上的表，我说："走，去看看。"老鹰子蹲在门口哭。刘老汉和街坊们不断安慰她，我从老鹰子家出来，决定去找姬甄。老鹰子眼光不行，给姬甄介绍的对象应该也不靠谱。到姬甄家，门锁着。我又去她们车间，问了几个人，都说没见她。我心想，她是不是和那个相亲对象见面去了。我穿过小镇，朝北面一直走，依然没有找到她。她会不会是去河边了呢？跑到喀普斯朗河边，只见白茫茫的河床，没半个人影。

回到宿舍大院，才看见姬甄站在夕阳底下，她没有我屋的钥匙，估计等了许久。我有些来气，三步并作一步走，我说："你跑哪儿去了？"她不解地看着我。我说："我去找你，没找到，到哪儿都没找着。"她说："你找我？你找我干啥？"我说："我担心你。"她笑道："我有啥好担心的。"我说："我以为你见相亲对象去了。"她说：

“你咋知道？”我说：“你真去了？”她笑道：“你猜。”然后她一本正经从衣兜里摸出一张票来，“我去买票了，打算回武汉过年，也许……”

“也许什么？”我问。她说：“也许，也许明年春天我就不来了。”我不知道自己哪里来的勇气，一把抱住了她。我有些难受，说不出原因的难受。她像只兔子，在我怀里一动不动。我说：“不用回了，你要是不嫌弃，我把这屋子修整下，以后的事情我们以后再说。”

她没有说话，我没有看她。寒风里，我的下巴蹭在她的额头上。我的手捧着她的脸，有一股冰冷的眼泪滑过指尖。那一刻，我想好了，就在这里，就在这间又暗又破的房子里，度过这个不一样的春节。

鞭炮声此起彼伏，大年初一早上，外面天寒地冻，窗子上结了一层雾水。姬甄伸出纤细的手，在上面画了一个太阳，还画了一座山，山下是一处农家别院。我说：“你画的啥？”她说：“村庄啊。”我说：“看起来一点儿也不像。”

图书在版编目（CIP）数据

大宛其的春天 / 夏立楠著. -- 石家庄 ：河北教育出版社，2022.10

（年轮典存丛书 / 邱华栋，杨晓升主编）

ISBN 978-7-5545-7197-2

I. ①大… II. ①夏… III. ①中篇小说 - 小说集 - 中国 - 当代 ②短篇小说 - 小说集 - 中国 - 当代 IV. ① I247.7

中国版本图书馆 CIP 数据核字（2022）第 156145 号

年轮典存丛书

书　　名　大宛其的春天

DAWANQI DE CHUNTIAN

作　　者　夏立楠

出 版 人　董素山

总 策 划　金丽红　黎　波

责任编辑　张　畅

特约编辑　张　维　武　斐

出　　版　河北出版传媒集团

河北教育出版社　http://www.hbep.com

（石家庄市联盟路 705 号，050061）

印　　制　天津盛辉印刷有限公司

开　　本　787 mm × 1092 mm　1/32

印　　张　7.5

字　　数　144 千字

版　　次　2022 年 10 月第 1 版

印　　次　2022 年 10 月第 1 次印刷

书　　号　ISBN 978-7-5545-7197-2

定　　价　48.00 元
